影响孩子一生的故事系列

影响孩子一生的

YINGXIANGHAIZIYISHENGDEZHONGGUOZUIZHUMINGDESHENHUAGUSHI

中国最著名的神话故事

李凤芸◎编著

光明日报出版社

图书在版编目（ＣＩＰ）数据

影响孩子一生的中国最著名的神话故事 / 李凤芸编著.—北京：光明日报出版社,2011.9
（2023.7 重印）

（影响孩子一生的故事系列）
ISBN 978-7-5112-1626-7

Ⅰ.①影… Ⅱ.①李… Ⅲ.①神话－作品集－中国Ⅳ.①I277.5

中国版本图书馆 CIP 数据核字(2011)第 192539 号

影响孩子一生的中国最著名的神话故事

YINGXIANG HAIZI YISHENG DE ZHONGGUO ZUIZHUMING DE SHENHUA GUSHI

编　著：李凤芸

责任编辑：朱　宁　邓茗文　　　　责任校对：曾智惠
封面设计：三棵树设计工作组　　　　责任印制：曹　净

出版发行：光明日报出版社
地　址：北京市西城区永安路106号，100050
电　话：010-63169890（咨询），010-63131930（邮购）
传　真：010-63131930
网　址：http://book.gmw.cn
E-mail：gmcbs@gmw.cn
法律顾问：北京兰台律师事务所龚柳方律师

印　刷：固安兰星球彩色印刷有限公司
装　订：固安兰星球彩色印刷有限公司
本书如有破损、缺页、装订错误,请与本社联系调换,电话：010-63131930

开　本：165mm×225mm
字　数：100 千字　　　　　　　　　印　张：8
版　次：2011 年 10 月第 1 版　　　　印　次：2023 年 7 月第 7 次印刷
书　号：ISBN 978-7-5112-1626-7

定　价：39.80 元

前言 QIANYAN

神话故事大多是关于神仙或古代英雄的故事,是古代人民对自然现象和社会生活一种天真的理解和美好的向往,也是丰富的民族文化的结晶。

中国是世界上历史悠久的文明古国之一,有着璀璨的文化,我们将其凝结成这本《影响孩子一生的中国最著名的神话故事》,本书用优美的文字和精美的图画再次把充满魅力的古代文明展现在小读者面前。

在这里,小读者会更加了解祖国悠久的文明和锦绣的河山。

影响孩子一生的
中国最著名的神话故事 目录

YINGXIANGHAIZIYISHENGDEZHONGGUOZUIZHUMINGDESHENHUAGUSHI

名贵的牡丹——

蝴 蝶 泉

在美丽的云南大理，有一个名字非常好听的地方，叫蝴蝶泉，原先被称为无底潭。清澈的潭边种着一棵开白花的大树，树下住着一个姓张的白族老头儿，老头儿的女儿雯姑是一个勤劳善良、貌美如花的好姑娘，她的美名早已传遍了苍山洱海。父女俩相依为命，过着清贫却愉快的生活。更让张老头儿欣慰的是，雯姑已经找到了心上人——英俊正直的霞郎。两人在大树下商量好准备过了年就成亲，婚礼一定要热闹。

就在这天晚上，不幸的事情发生了，凶暴野蛮的俞王，夜里带着人把雯姑抢走了。被关在屋里的雯姑，对桌上的金银珠宝，一点儿也不动心，连看也不看一眼。因为什么荣华富贵都不能取代她心里的霞郎，所以她宁死也不肯答应做俞王

1

的妻子。俞王气坏了，他让人使劲鞭打雯姑，想逼迫她答应。可是，雯姑忍住疼痛，就是不点头。霞郎赶来救出了雯姑，逃跑的时候却惊动了俞王府的看门狗，吵醒了俞王。他赶紧带着狗和家丁追了上来。两个相爱的人在前面跑啊跑，跑到无底潭边时，俞王追上了他们，狞笑着向他们一步步逼近。雯姑和霞郎深情地注视着对方，手紧紧地握在一起，带着幸福的微笑，纵身跳下了无底的深潭……

　　第二天，平静的潭水突然翻滚起来，不一会儿就从潭心飞出一对五彩斑斓的蝴蝶。从此，无底潭被人们叫作"蝴蝶泉"。

　　云南是一个多民族聚居的地方，大理以白族人口较多。苍山洱海、大理三塔等都是当地著名的旅游风景区。

松花江的传说

在遥远寒冷的北方，有一条美丽富饶的松花江，滔滔的江水向东流去，灌溉着两岸的黑土地。但大家都说，松树从来都只结松塔，只长松子，不开花。那么，松花江的名字又有什么来历呢？

传说早些时候，松树也开花，只是让人给借走没还回来而已。

很早很早以前，在黑龙江这个地方，到处都是被森林覆盖着的大山，大小湖泊河流点缀其间，又没有什么人烟，仿佛就是一个人间仙境。那会儿，兴安岭和长白山都还连在一块儿，在山脚下有一个开满莲花的大湖，所以就取名叫莲花湖。

这个湖和其他的水面不同。湖面一年四季都盖满绿绿的莲花叶子，红的白的黄的莲花像赶场似的，这一片还没有凋谢那一片就已经喜气洋洋地开始吐露花苞了，花期从来就没断过。

3

再掀起那莲叶往底下一瞧，呵，那肥鱼多得让人数都数不过来，眼睛都是一对琥珀色的大琉璃球，透亮透亮的。还有垒得和小山似的蛤蜊，每颗含着一颗圆润硕大的夜明珠。一到晴朗的夜晚，月亮、星星出现在天空中，闪烁着光亮，和莲花湖里的琉璃球、夜明珠发出的明媚亮光遥相呼应，天地间一片辉煌，美不胜收。莲花湖就这么度过了无数安宁的夜晚。

一天，忽然不知从哪儿跑来了一条白翅白鳞的大白龙。它来到莲花湖，立即就被这迷人的风景给迷住了，在这儿住了下来。

起初大白龙潜在湖底，还不敢有什么动作。慢慢地，环境越来越熟悉，大白龙见周围没有什么厉害的人物，就开始放肆大胆起来。

它先是把强有力的大尾巴那么一甩，把一湖清澈见底的湖水给搅得浑浊不堪。又在湖里那么乱穿一气，把所有莲花的"经脉"全部给折断了。饿的时候，它就大口大口地吞鱼吃，

4

连一根鱼刺都不会吐出来。

不久，莲花谢了，枯瓣残叶漂浮在浑黄的水面上。鱼死了，蛤蜊也闭了嘴，再也看不见闪闪发亮的琉璃球和夜明珠了。就这样，一个胜似仙境的地方就被一条可恶的大白龙给变成了一湖臭哄哄的死水。大白龙还非常得意，觉得自己有很大的本事。

有时候，它还会突然飞上天，再重重地落下来，将湖水溅起几丈高，立刻洪水翻滚，淹没了方圆几十里的地方。大白龙仗着自己可以上天入水，谁也不放在眼里，只是凭着自己高兴来做事。

这么闹了将近半年，大白龙为非作歹的行为，终于让威镇东海的老龙王知道了，就派了黑翅黑鳞的大黑龙去降服大白龙。

第一次去，大黑龙想着自己是龙王手下第一大将，根本就没有把那荒山野岭里的大白龙放在眼里，觉得自己像是一个大将军去捉拿一个江湖小偷一样，简直大材小用。

骄傲的大黑龙啥都没带，甚至

5

连战袍也没有穿,只拖上了一条
预备捆大白龙的锁链就上路了。
大黑龙一路腾云驾雾,逍遥地向
莲花湖飞去。

半路上,为了显示自己的威风,
大黑龙还故意抖了抖锁链——在
天上亮了一个闪电,响了一声大
雷。正在莲花湖上休息的大白龙听到了这声响,知道
是有劲敌来了,连忙找了个地方躲起来,准备伺机而动。

大黑龙赶到荒凉的莲花湖,绕了几圈也没有看到
大白龙的踪影,自己反倒又累又渴,刚准备歇歇脚。大
白龙从旁边的树林里猛地蹿了出来,挥舞着龙爪向大
黑龙抓去。还没回过神的大黑龙只能连连后退,没几
个回合,大黑龙就被来势汹汹的大白龙给打退到了三
江口。失败的大黑龙不好意思回去禀报龙王,发誓不
把大白龙抓住决不回去。

它吸取了头一次明着来遭到暗算的经验。这一次,
大黑龙就顺着江底走,心想:"这次总可以来个偷袭了
吧。"可是没想到,它游到哪儿,哪儿的水就会变成黑

的，染得附近的云彩雾气都跟着变了色，成了最明显的记号。狡猾的大白龙老远就知道对手来了，悄悄藏在了湖礁背后。

大黑龙一到，就拿出了看家本事，又是呼风又是唤雨，可把莲花湖掀了个底朝天，也还是没有看见大白龙出水。正当大黑龙犯迷糊的时候，大白龙突然从背后飞身出水，又成功地偷袭了大黑龙，把它赶回了东海口。

大黑龙降不住大白龙，完不成龙王的任务，心里非常着急。龙王就好心提醒它："你每次还没到莲花湖，就已经先报信通知它了。你得想个办法，神不知鬼不觉地把它擒住。"

可到底有什么办法呢？大黑龙整天想来想去，不知不觉就到了第二年的夏天。漫山遍野的松树上开满了洁白的松树花，远远望去，还以为是天上的白云飘到地上来了呢。

落到水面上的松树花，也把江河湖泊的水面都盖住了，像是铺了层白雪。大黑龙一看，

终于想出了好办法。"我应该到山上去借松树花，把自己伪装起来。"

打定主意之后，大黑龙把战甲一披，就来到了长白山和兴安岭。它在空中飞来飞去舞了几圈，刮起的大风把所有的松树花都打落了下来，再用大口吹了一口气，把它们都吹到了江面上。

大黑龙小心翼翼地藏在松树花下，悄悄从东海游到了莲花湖，一下子就降服了正在兴风作浪的大白龙，用锁链把它绑了起来。可惜，大白龙实在是太狡猾了，它趁大黑龙不注意的时候，偷偷打开了锁，从东海口逃到了今天的兴凯湖。

从那以后，那座莲花湖就恢复了平静，但是里面的湖水越来越少，成了现在半月形的五大连池，大兴安岭和长白山也分开了。

从那以后，松树就再也不开花了，那条江也被叫作了松花江。

黑龙江是我国靠北回归线最近的省份，冬季气温较低。哈尔滨的冰雕在全国享有盛誉。

灯草姑娘

四百多年前的明朝，有个叫沐英的头领率领着自己的家族部落征讨云南，当上了逍遥的云南王沐国公。云南王的后代就像种子一样在这片肥沃的土地上繁衍开来。

传说，在会泽县鲁机村，有位叫沐定的姑娘，就是沐国公重孙辈的一员，不过家中早已衰败。后来，她嫁给了一个姓李的农夫，丈夫是个能干的人，每天都勤劳干活，可徭役太重，一家人的生活还是过得非常艰难。

沐定姑娘从小就冰雪聪明，心灵手巧，无论看见什么东西，总要拿在手里翻来覆去仔细琢磨，直到弄懂怎么回事才肯罢休。而且做事情，特别善于动脑筋，总会想出好几种办法来，把事情办得又快又好。

就拿扫帚扫地这么简单的事来说吧，左手拿、右手拿，正着拿、倒着拿、竖拿、斜拿都没问题。坑坑洼洼再难扫的地，只要一眨眼的工夫，沐定就可以扫得干干净净。

邻居家的姑娘们都称赞说："沐定姐姐扫的地真是干净极了，即使刚洗过的衣裳掉在地上也不会担心被弄脏。"每次去给在田里干活的丈夫送饭时，沐定姑娘就会在田边地角、河畔沟埂摘些狗尾草、灯笼花、小青藤……然后拿回家，用自己的一双巧手编织一些花篮、提兜、小灯笼、蝈蝈笼子给孩子们玩。在她的家里，每天都充满了笑声。

一天，沐定姑娘在小河边摘了一些从没见过的圆茎细长的水草，准备给自己编一个小绣球来玩。

她剥开水草，发现里面有一股柔软细白的草芯，不禁自语道："这多像油灯里的棉线条啊。为什么不试试呢？"于是，她用灵巧的手很快就从这圆直的水草里抽出了一根完整的草芯来。她赶紧跑回家，把草芯小心地浸入油灯的灯盏，点上了火。没想到这东西不仅容易燃烧，而且比用棉线条点灯还要轻便、省油，油烟少，灯光也更明亮。

沐定姑娘高兴极了，就把这种不知名的草取名为"灯草"，抽出来的芯叫"灯芯"。她把这个好消息告诉了丈夫，商量后决定在自家的秧田里腾出一块地方，专门种植这种野生水草。

经过沐定姑娘的辛苦劳作，把这种水草养得更为肥实，茎秆也更长了，抽出来的灯芯又长又白又结实，更加耐用。余下的草壳也可以继续利用，在沐定姑娘的手里编织成草帽、锅盖、箩筐、提篮、草鞋之类的实用品，一点儿也不会浪费。

后来，她又用灯草做材料，编织出了灯草滑席，垫在床上，柔软极了。他们把这些劳动果实拿到集市上去卖，很快就因为物美价廉、轻巧耐用被人们抢购一空。回家一算计，呵，种一亩灯草比种十亩谷子的收入还要多呢。于是，他们把这一野生水草变为了家种，把所有的地里都种上了灯草，逐年发展，越种越多，生活也越来越富裕了。附近的乡邻看到沐定家的变化，都非常美慕，可怎么也找不到抽灯草和编织滑席的窍门，纷纷来向沐定姑娘求教。沐定姑娘热情地接待了大家，把抽灯草、编滑席的手艺毫无保留地传给了全村妇女。

后来，会泽鲁机村的滑席、灯芯名气越来越大，传到了迤西、迤南，慢慢遍及整个云南，远销四川、贵州，甚至传入了京城。

电灯已经是我们生活中最普遍的照明工具了，是由科学家爱迪生发明制造出来的。

火把节的传说

很久很久以前，在一座高高的山上，有一个全部用石头垒成的高墙大院——一个坏土司拥有这座大院。他生着一双老鼠眼、扫帚眉和一张香肠嘴，还有那石棱似的下巴，加上满脸的麻子，分明就是一个"黑煞神"。因为他手下养着一大帮家丁、打手，干尽了坏事，残暴地压榨着自己领土上的老百姓，想尽了各种办法搜刮钱财。所以，大家背地里就真的叫他"黑煞神"。但是"黑煞神"立的各种苛捐杂税，逼得老百姓实在是喘不过气来了，甚至开始卖儿卖女。

可怜的老百姓聚集在一起商量说："与其这样被饿死，还不如和'黑煞神'拼了。"于是，人们拿着农具冲向"黑煞神"的石头大院。

可是，这大院实在是太高大太结实了，反抗的老百

13

姓都没能翻过去，反倒被"黑煞神"的打手们抓了起来。

有些人就这么被"黑煞神"给活活地折磨死了。所有的人都憎恨着"黑煞神"，却又无可奈何。

但是有一个叫扎卡的聪明能干的牧羊人，想出了一个智取土司大院的办法。他先悄悄联络了山下九十九个村寨的贫苦同胞，约定在六月二十四晚上去攻打"黑煞神"的大院。

从六月十七这天起，各家各户先将羊关在圈里，不喂草料，每天只喂一点儿水，饿上七天七夜。人们就在夜里磨利砍刀、斧子，赶造梭标。

到了行动的这天晚上，他们先在每只饥饿的山羊角上绑上火把，等着扎卡的信号。月亮似乎也知道了这次秘密行动的重要性，悄悄藏进了云层。昏暗的四周只有山鸟偶尔的叫声。

忽然一声响亮的牛角号声响起，各村各寨的老百姓立即将羊圈门打开，一一点燃了绑在羊角上的火把，驱赶着千万只头上冒着火焰的羊群向"黑煞神"的石头大院进攻。

早已饿坏了的羊群，争先恐后地抢吃树叶、青草。扎卡率领着激动的同胞，整个队伍浩浩荡荡，呐喊着，勇猛地向大院冲去。半夜里被惊醒的"黑煞神"急忙登上楼顶一看，可不得了了，只见眼前是一片望不到边的火海。"黑煞神"还没回过神来，从四面八方包围了大院的老百姓，就已经开始攻打厚实的大门了。"黑煞神"一边大声命令家丁、打手死守院门，一边自己悄悄地钻进地洞，准备逃过老百姓的搜捕。

重达千斤的大门终于被齐心协力的人们推倒了，扬起来的灰足有十几米高。人们挥舞着武器冲进了堆积他们血汗的石墙大院，可是到处找，也没有找到可恶的"黑煞神"。不抓到

zhè ge mó guǐ　　yǐ hòu yí dìng hái huì ràng dà jiā shòu kǔ
这个魔鬼，以后一定还会让大家受苦。

　　yú shì　　zhā kǎ bǎ tǔ sī de dà guǎn jiā zhuā le guò lái　　gāng bǎ lián dāo yì
于是，扎卡把土司的大管家抓了过来，刚把镰刀一

bǐ　　pà sǐ de dà guǎn jiā jiù yí xià zi guì zài le dì shang　　pīn mìng kē tóu āi qiú
比，怕死的大管家就一下子跪在了地上，拼命磕头哀求

ráo mìng　　bìng zhǔ dòng jiāo dài le tǔ sī lǎo ye duǒ cáng de nà ge dì dòng kǒu　　dà
饶命，并主动交待了土司老爷躲藏的那个地洞口。大

jiā gāng lái dào zhèr　　dì dòng li jiù tū rán fēi chū le yì bǎ bǐ shǒu　　yǎn míng shǒu
家刚来到这儿，地洞里就突然飞出了一把匕首，眼明手

kuài de zhā kǎ huī dāo yì dǎng　　jiù jiāng bǐ shǒu jī luò le　　zhā kǎ hé zhòng rén jiàn
快的扎卡挥刀一挡，就将匕首击落了。扎卡和众人见

"hēi shà shén" hái zài chuí sǐ zhēng zhá　　jiù jué dìng yòng huǒ bǎ shāo sǐ tā　　qiān wàn
"黑煞神"还在垂死挣扎，就决定用火把烧死他。千万

zhī huǒ bǎ lì jí jiù zài dì dòng de zhōu wéi duī chéng le yí zuò xiǎo shān　　liè huǒ xióng
支火把立即就在地洞的周围堆成了一座小山，烈火熊

xióng de rán shāo zhe　　xiàng zhōu wéi lǎo bǎi xìng xīn zhōng chóu hèn de nù huǒ yí yàng　　nà
熊地燃烧着，像周围老百姓心中仇恨的怒火一样。那

zuò è duō duān de tǔ sī "hēi shà shén" jiù zhè yàng zàng shēn zài chóng chóng de huǒ bǎ
作恶多端的土司"黑煞神"就这样葬身在重重的火把

zhī zhōng　　wèi le jì niàn zhè cì dòu zhēng de shèng lì　　yǒng
之中。为了纪念这次斗争的胜利，勇

gǎn de yí zú rén mín jiù dìng nóng lì liù yuè èr shí sì zhè
敢的彝族人民就定农历六月二十四这

tiān wéi yì nián yí dù de "huǒ bǎ jié"
天为一年一度的"火把节"。

四川省西昌市冬无
严寒，夏无酷暑，四季如
春，闻名中外的航天城就
坐落于此。这里也是我国
最大的彝族聚居区。

16

黄山的来历

传说有一次，浮丘公发现轩辕黄帝闷闷不乐，双眉紧锁，坐在石桌前唉声叹气，便关切地问："您已经是最伟大的人了，还会有什么不开心的事呢？"轩辕黄帝用手抚摩着自己的头发，伤感地说："一天清晨起来，我像往常那样到溪边梳洗，看到倒映在水中的面庞已经开始苍老了，两鬓白发，胡须斑白。唉，岁月不饶人，我就这么老了啊！"浮丘公安慰着说："万物都有自己生老病死的必然规律，您不必担忧。"

黄帝摆摆手说："我并不是怕死。只是还有那么多事情没有办完，我怎么放心得下呢？你看，土地还没有开垦完，还有那么多河道没有疏通，那么多植物才刚刚播下种子……"浮丘公明白黄帝的一片苦心，提议道：

"当了神仙就可以长生不老了啊。"

"不错，"轩辕黄帝听后高兴地说，"我听说凡人只要吃了仙丹就能成仙，永远不会老。那寻找炼丹仙境的事就交给你了，浮丘公。"浮丘公领命之后，就匆匆离开了。

而黄帝自浮丘公走后，每天都往瓮里丢一粒石子，计算着时间。不知不觉三年过去了，瓮里的石子已经有一千多粒了。这一天，轩辕黄帝刚投下一粒石子，正念叨着："浮丘公怎么还没有音信呢？"忽然，部下容成子就进来禀报说："浮丘公回来了！"黄帝一听，连忙起身迎接，也来不及询问其他的事，开口便问："事情办得怎么样了？"浮丘公微笑着说："尊敬的帝王啊，我终于完成了您交代的事情，找到了一个仙境般的炼丹的地方。""在哪儿呀？"黄帝激动地问。

浮丘公说："我走遍全国，在江南发现了一群高山，山上很多黑色的石头，我就给它起了个名字叫黔山。"

轩辕黄帝那股高兴劲儿就别提了，第二天一大早便迫不及待地带着浮丘公、容成子和一些臣仆上了路，直奔江南黔山。

到了那里，只见奇峰错列各具情态，参天大树郁郁葱葱，在萦绕的仙雾中若隐若现。黄帝不禁点头称赞："的确是一个绝佳的地方啊。"说着，他就伸手想去撩开云雾，将美景看得更真切一些，神奇的事情就这么发生了，那些云竟像是棉花一样，真的就向两边分去。大家更是惊讶不已，轩辕黄帝陶醉其中，迈步就向山里走去。

没走多远，他就来到了一个被团团雾气笼罩着的水潭边，一摸那水竟像是刚从火架上取下来不久似的，热乎乎的。浮丘公说："这就是仙池呀。"轩辕黄帝脱下衣服，跳进池中，洗

了个澡，感到体力一下增长了好多，也年轻了许多。

再往前走，忽然一阵阵醉人的醇香扑鼻而来，玉皇大帝喝的琼浆玉液也就是这样的美味吧。黄帝循着香味来到一个石槽前，里面装着半槽淡红色的水。忠诚的容成子对黄帝说："还是让我先尝尝看吧。"

于是，他抢上一步，用手捧起水喝了一口，不禁大叫起来："这是仙酒啊！"大家围着石槽开怀畅饮，直到喝光也没有感到酒醉的难受，反而精神百倍。

轩辕黄帝决定就在这山中住下来，并选了一个好地方炼丹。他吩咐浮丘公搭炼丹台，容成子砌炼丹炉，众臣仆们砍柴，自己向更深的树林里走去，去寻找炼丹的药材。

炼丹需用九十九枝灵芝，九十九根人参，九十九对鹿茸，九十九颗豹子胆，九十九朵带露水的杜鹃花，九十九颗熟透的无花果，九十九枚长在树顶的赤叶松，九十九片最嫩的冰薄荷，九十九颗最纯的朱砂丸，再加上九十九滴最洁净的甘泉水。只有把这些材料按照要求都找齐了，才能炼出功力强劲的仙丹。

可要把这些东西都配齐还真不是一件容易的事呢。

但轩辕黄帝早已下定决心，炼不出仙丹决不下山。

他每天都在林间山路上来回奔波，毫不厌烦。有时候，为了寻找一片冰薄荷，轩辕黄帝敢爬上连猴子都上不去的悬崖峭壁。带来的粮食很快就吃完了，大家只好靠摘野果子充饥。一些受不了苦的臣仆都偷偷跑掉了。最后，只留下轩辕黄帝和浮丘公、容成子三人。

他们历经千辛万苦，熬过了整整九年，眼看就要找齐各种材料达成心愿了，唯独缺少甘露水。

这时，浮丘公又病倒了，轩辕

21

huáng dì ràng róng chéng zǐ liú xià lái zhào gù tā   zì jǐ dú zì yòu zǒu jìn le shēn shān
黄帝让容成子留下来照顾他，自己独自又走进了深山。

pá le dà bàn tiān tā yǐ jīng lèi de zhí chuǎn qì le   kě hái shi yì wú suǒ
爬了大半天，他已经累得直喘气了，可还是一无所

huò   kàn jiàn táo huā xī biān yǒu yí kuài guāng huá píng zhěng de dà shí tou tā jiù tǎng
获。看见桃花溪边有一块光滑平整的大石头，他就躺

le shàng qù zhǔn bèi xiū xi yí xià
了上去准备休息一下。

tā gāng bì shàng yǎn jing jiù tīng jiàn yí zhèn bù zhī cóng nǎr piāo lái de yuè
他刚闭上眼睛，就听见一阵不知从哪儿飘来的悦

ěr de yuè shēng liǎng zhī shuò dà de xiān hè cóng tiān ér jiàng zài tā men hòu miàn zǒu
耳的乐声。两只硕大的仙鹤从天而降，在它们后面，走

chū yí wèi bái fà cāng cāng de lǎo wēng qí zhe yì tóu xuě bái de lù xiàng tā huǎn huǎn
出一位白发苍苍的老翁，骑着一头雪白的鹿，向他缓缓

zǒu lái huáng dì yí kàn jiù zhī dào zì jǐ yù dào le shén xiān gǎn máng qǐ shēn shī
走来。黄帝一看就知道自己遇到了神仙，赶忙起身施

lǐ xiàng tā dǎ ting zài nǎ lǐ kě yǐ zhǎo
礼，向他打听在哪里可以找

dào gān lù   lǎo xiān wēng xiào le xiào bìng
到甘露。老仙翁笑了笑，并

méi yǒu huí dá zhǐ shì zhǐ le zhǐ huáng dì
没有回答，只是指了指黄帝

jiǎo xià de dà shí tou jiù xiāo shī le
脚下的大石头，就消失了。

huáng dì dà xiào zhe xǐng lái cái fā
黄帝大笑着醒来，才发

xiàn gāng cái zhǐ shì zì jǐ zuò de mèng dàn
现刚才只是自己做的梦。但

tā rèn wéi nà shì shén xiān duì zì jǐ de zhǐ
他认为那是神仙对自己的指

diǎn   yú shì tā yì gū lu pá qǐ lái
点。于是他一骨碌爬起来，

jiù kāi shǐ záo qǐ jiǎo xià de shí tou
就开始凿起脚下的石头。

22

岩石太坚硬了，他凿了一天才凿下了一小块石屑。

但是，黄帝不灰心，一步不离，蹲在那儿一直凿了整整七七四十九天，真是功夫不负有心人，终于凿出了一眼清澈的泉眼。

这泉水清澈见底，甘甜芬芳，喝下肚沁人心脾，就是黄帝一直在寻找的甘露水。浮丘公和容成子立即帮忙动手把各种药捣碎碾细，做成丸状，然后点火升炉，开始炼制仙丹。

但那些药材用了三年的时间也没有被烧化，原来准备的像山一样高的柴垛都烧完了，炼丹台附近的树也全砍尽了，浮丘公和容成子只好到更远的地方去砍柴。

轩辕黄帝在炉前负责看火。当他把最后一块柴火填进炉膛的时候，浮丘

23

公和容成子还没有砍柴回来。眼见炉膛内的火势越来越弱，黄帝是看在眼里急在心里。如果炼丹的炉火一旦熄灭，那过去做的一切努力就都白费了。

这可怎么办呢？黄帝将自己的一条腿伸进了炉膛，炉火顿时就旺了起来，熊熊地燃烧着。突然，炼丹炉内一声巨响，万道金光射出，将整个山谷照得金碧辉煌。

这时，抱着柴火回来的浮丘公和容成子急忙拔出了黄帝的腿，再看已经炼好仙丹的丹炉，是又哭又笑。那些半途逃走的臣仆，听见黔山的动静，又看到金光闪耀，知道仙丹已经炼成了，又急忙赶了过来。

黄帝、浮丘公和容成子已经服下仙丹，身轻如燕，正踩着祥云向天上飘去呢。

臣仆们便苦苦哀求也把他们带上天去。轩辕黄帝只是冷冷地看了他们一眼，捻着胡须不说话。

有一个成仙心切的臣仆纵身一跃，抓住了黄帝的胡须，想跟他们一道上天。结果那胡须自己断成了两截，把那臣仆摔下来，变成了一块怪石。黄帝的胡子也落在地上变成了绿油油的龙须草。

因为黟山是黄帝炼丹的地方，所以后人就把黟山改叫为黄山。七十二峰中的轩辕峰、浮丘峰和容成峰，就是纪念三位意志坚强的神仙的。桃花溪里，他们用过的泉眼到现在还完好无损呢！

敬灶王

很久很久以前，有个叫张生的人。他娶了个贤惠的媳妇，名叫郭丁香。这个媳妇不仅人长得漂亮，而且还十分能干，屋里田里都是一把干活的好手。没几年的工夫，张家的家业就兴旺了起来。这时，成了富户的张生却开始嫌弃自己人老珠黄的妻子，一心想把郭丁香休掉，找个漂亮的年轻媳妇。

于是，张生一点儿也不念及多年的夫妻感情，一纸休书就把郭丁香赶出了家，又娶了个财主的女儿李海棠。好吃懒做的李海棠和整日花天酒地的张生很快就败光了家业，过上了有上顿没下顿的穷日子。李海棠也拍拍屁股回了娘家，扔下了张生一个人。不懂什么技术的张生只好过上了要饭的流浪生活。

一天，他来到一户人家的后巷厨房门口要饭，一个工人给他盛了一碗汤。

张生喝了说："好久没有喝过这么美味的汤了，能再给一碗吗？"工人有些不耐烦了，正要赶他出去，这家的女主人走了出来，劝阻说："就再给他一碗汤喝吧，他们出来要饭已经很可怜了。"张生听着这声音很熟悉，抬头一看，天哪，这不是自己当年休出家门的郭丁香吗？郭丁香也认出了张生，同情地问："你怎么变成现在这个样子了啊？"

张生现在是羞得无地自容，后悔自己当时不知珍惜做下了错事。他歪头看见郭丁香家里炉火烧得正旺的灶台，想也没想就钻了进去，烧死了。这事，被路过的天神看见，当成一件趣闻禀报给了玉皇大帝。

玉皇大帝觉得张生虽然有错在先，但能有羞愧之心，投火自焚，说明还不是

27

一个无药可救的坏人。于是，玉皇大帝就格外开恩，封他做了灶王。

张生当了灶王之后，家家都把他的像贴在灶台墙上。每逢过年他都可以享受各家的果子。每年腊月二十三张生骑马上天，腊月三十那天再回来，在天上汇报七天。

平时对他不尊敬的人家，就变穷了。谁对他好，灶王就叫谁富。于是，老百姓在送他上天的时候，都用秫秸扎匹马，做上面条，叫他吃饱喝足，好请他上天汇报好话，使自己的家境富裕。后来又兴起了用黏米做个糖盘敬他，叫他吃了糖盘粘住嘴，不让他上天汇报坏话的习俗。

直到现在，还有"二十三啃糖盘，再过七天就过年"的说法呢。

民间祭灶的风俗从周朝就开始流传了，皇宫也将它列入了祭典，并形成了全国上下祭灶的习俗。

大年和小年的传说

传说，在很久很久以前，天上有一个叫大年、一个叫小年的神仙兄弟，同住在一座漂亮的宫殿里。虽说是两兄弟，可品德却差了很远。大年心眼儿实在，是个善良的好神仙。每到年景不好，遇到自然灾害的时候，大年怕饿坏人，就会从天上撒下白面给老百姓吃。小年却是个自私到极点的人，看到别人痛苦难受才高兴呢。他用邪术把哥哥大年撒下的白面变成了雪花，吃了就让人生病。等到人们病倒了，没有力气抵抗的时候，小年又变成凶猛的野兽下来吃人。等他吃饱了，就会找个地方躺下来美美地睡上一觉。他还特别能睡，一觉就可以睡上足足三百六十天。等睡醒了，养足了精神，它又跑出来吃人。

29

无论人们藏到哪儿都逃不过他的魔爪，人口是越来越少了，大家只好给老天烧香磕头，请求大年救救他们。大年知道了白面变雪、人烟稀少的事后，决定去找弟弟算账。可小年却一点儿也不在乎，连眼皮都不抬一下。气极了的大年抬手向小年打去，却被小年反手打倒在地。大年知道自己不是小年的对手，只好亲自下凡来告诫人们："我教你们一个击退小年的办法。他生来怕光怕火怕雷，等他再来的时候，你们用油松干柴烧青竹的办法，就可以把他吓跑了。"人们记下了大年的话，等到小年下来时，他们燃起干柴油松，青竹在上面烧着，"噼里啪啦"地乱响。

这招果然有效，小年停在老远的地方不敢上前。他知道这一定是大年的主意，就去打大年。大年倒还机灵，立刻跑到凡间，和人们待在一起，躲过了残暴的小年。

人们又安然度过了三千六百天。这天中午，大年和小年两兄弟冤家路窄在半空中迎面撞上了。小年看到大年，是恨得牙痒痒，也不顾兄弟情谊，决心除掉大年。大年也不甘示弱，二人在空中打了起来。顿时云雾遮天，雾瘴四起。这也就是为什么后来春天风多雾多的原因了。大年和小年一直打了三十二天，小年中了大年的手心雷，连忙逃跑了。到了下一个三百六十天时，大年和小年又各自施展出浑身解数，他们不拼个你死我活，决不罢休。人们担心大年的安危，纷纷保佑着他的平安。最后，大年为了消灭小年，毅然放出了大火，将自己和弟弟一起烧死了。

为了纪念大年，往后，人们将三百六十天定为一年，每隔一年就在院里的树下给大年烧香，希望能保佑世代平安。

普通的年份一年为 365 天，但是阳历中有闰月的一年为闰年，有 366 天。

31

田螺姑娘

很久以前，在河边上有一个小村子，那里十分安静祥和，人们与世无争地生活着。在村子里，住着一个男子。他非常勤劳，每天在田间劳作，可是，他三十多岁了，还没娶上媳妇。

有一天，他在下田时，无意拾到一只大田螺，足足有拳头那么大！他从来没有见过这么大的田螺，于是高兴地把它带回了家，养在水缸里，每天还喂东西给它吃。

时间过得可真快，转眼已过去了三年。一天，单身汉从田地里干完活回家，老远就闻到了香喷喷的味道，进家门后，发现桌子上摆满了热气腾腾、香喷喷的饭菜。他觉得很奇怪，但是这个时候肚子饿极了的他，不管三七二十一，就上桌吃了起来，味道真是好极了。他边吃边想，会是谁给自己煮这么好吃的一桌饭菜

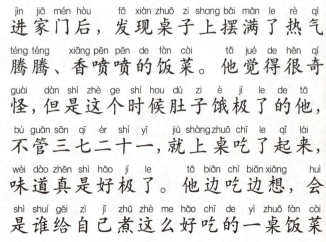

呢？可是想来想去，他也没有得出一个答案。

更奇怪的是，连续几天单身汉干活回来时，都有满桌的好饭菜等着他。他非常想知道是谁好心帮他做饭的。后来他终于想到了，邻居李大嫂是个热心肠，一定是她看我一个人可怜才帮忙做饭的。"嗯，一定要好好谢谢人家。"他想。

于是他去向李大嫂道谢了。可是李大嫂笑了，说："我没有帮你做饭啊，每天都听到你厨房有做饭、炒菜的声音，我还以为是你提前回家来做饭呢。"单身汉越发感到奇怪了，会有谁这样做呢？他想着，决心一定要弄个明白。

一天，他像往常一样扛上劳动工具出工去了。但是，这次他多了个心眼儿，没过一会儿，他又偷偷返回

家来，躲在家门外要看个究竟。

快到中午时，他看到水缸的盖子被慢慢掀开了，从水缸里走出一位像仙女般的姑娘，接着她很熟练地做起饭来。

很快，香味就从他的小屋里飘了出来，他看到那个姑娘已经摆满了一桌饭菜，而饭菜看起来，和他以往吃的是一样的。只见饭菜做好之后，她又像一阵烟一样不见了，原来是，她又躲进水缸里去了。单身汉使劲地揉揉眼睛，心想，今天不会是我看走眼了吧？于是，他就连续几天都偷偷躲在屋外看，结果发现自己没有看错，千真万确，是一位美丽的姑娘每天在帮他做饭。

单身汉觉得非常奇怪，心想："这么一位漂亮贤惠的姑娘天天来帮自己煮饭，究竟为了什么？她为什么要从水缸里出来又回水缸里去呢？"带着很多疑问，他暗自下了决心，一定要把整件事情问个清楚。

又一天的中午，当姑娘在专心做饭时，单身汉突然推门闯了进去，将她锁进了房间里。

单身汉急忙冲进厨房，去看看水缸里藏着什么玄机。

可是，当打开水缸盖子看时，他傻眼了："怎么那只田螺只剩下个空壳漂荡在水中？这仙女般的姑娘难道是这只田螺变成的？"他百思不得其解，于是想了一个办法来弄清楚。

他把空螺壳藏到后院里去，然后再到房间把姑娘给放出来要问个清楚。谁知那姑娘从房间出来后看也不看他一眼，就直往水缸里跑。可是，当看见螺壳没了时，她伤心地大哭起来。她边哭边给单身汉说出了实情。

她说："其实我是个螺精，因前世你曾经救过我的命，而今生善良的你又没有杀我，还养了我三年，于是，我是投身来给你做饭报恩的。"

单身汉听了，就请田螺姑娘嫁给他，姑娘答应了。从此，他们过着幸福的生活，一直到老得再也走不动。

田螺属于软体动物，生长在淡水中。

化为五彩石的女娲

盘古开天辟地以后，还来不及创造人类，就去世了。天上的大神女娲孤零零地一个人欣赏着天地万物的变幻，愈来愈感到孤单寂寞了。

一场大雨过后，女娲无聊地捏着泥土玩。她把手中的泥土揉圆又压扁，希望时间过得快一点儿。忽然，女娲脑海里冒出了一个奇怪的想法。她想："如果她用泥土做一些小东西出来，再用自己的仙气赋予他们生命，那自己不就不会寂寞了吗？"

女娲为自己的这个想法兴奋起来。她很快就用那双灵巧的手做出了一个小东西。然后，她轻轻地对着那个小东西的嘴巴吹了一口仙气，那可爱的小东西开始拥有了生命。他甩了甩手，跺了跺脚，然后对着女娲笑起来。女娲高兴极了，为了不让那个小东西孤单，又做了好些个和他

36

一模一样的小东西。

最后，女娲称他们为人类。她每天都在天上观察人类的生活，保护着他们，仿佛地上所有的人都是她的孩子一样。

有一年，火神祝融和水神共工为了一件小事打起仗来。他们不顾地上人类的死活，各自用尽所有的法力来争斗。共工把素有"擎天柱"之称的不周山撞倒了，结果，天空没有了支撑，塌下了半边来。这样一来，天空被砸出了很多窟窿，地也被撞出了好多道大口子。天河的水不停地从窟窿里漏下来，地面上的洪水也开始泛滥，大地几乎快被淹没了。人类生活在水深火热中，悲惨极了！

女娲看到人类的苦难，非常痛心。于是，她每天奔波在各地，寻找一种叫作"五色石"的石头。因为只有用那种石头，才能够把天空的窟窿给补上。

同时，女娲还潜入东海，请求东海龙王让东海神龟

担负起支撑整个天空的重任。因为，只有东海神龟那结实强壮的四只脚，才能稳稳地顶住天空。东海龙王开始不愿意牺牲自己的神龟，可当他看到女娲为了拯救人类，到处奔波劳累的时候，心就软了。

眼看一切又可以恢复到从前了。可是，在女娲补最后一个大洞时，发现五色石已经用完了。女娲只好牺牲自己的生命，用身体来填补天上的最后一个大洞。

地球恢复了生机，天空挂起了彩虹，人们又可以幸福地生活了。只是他们再也看不见女娲了。那时的女娲已经化作最美的五色石，成为天空的一部分。但是，她依旧默默地关注着人们的生活。

在天空中有一层臭氧层，它起着过滤紫外线，保护人类的作用。但是科学家在南极上空发现臭氧层已经有一个漏洞了。

伏羲织网打鱼

自从世间有了人类，伏羲觉得热闹多了，心情好了许多。可是有一件心事一直搁在伏羲心坎上，让他老是觉得安心不起来。原来，那个时候的人不会种庄稼，也不会捕鱼，更不会饲养家禽。他们每天忙碌着捕捉小东西，然后晚上大家再聚集在山洞里分割猎物吃。猎物多的时候，他们倒可以美餐一顿，可是遇到运气不好的时候，他们就只有饿肚子了。

伏羲看到他们挨饿的样子，心里很难受。晚上躺在床上，他就想："这样下去不是办法啊！要是饿死了人，就麻烦了。"他就这样在床上翻来覆去地想啊想，为人们思索解决的办法。

到了第四天，伏羲还是没有想出一个很好的办法，在家里足足憋了三天。这时，他决定出去透透气，说不定什么时

候灵感就来了，好办法就会突然从脑子里冒出来。

不知不觉，伏羲来到了小河边。清澈的河水"哗啦哗啦"地唱着歌，可是那歌声却完全不能让伏羲开心起来。一条鲤鱼蹦出了水面，打断了伏羲的思路。他正想发火，思路却豁然开朗。他寻思着："这肥大新鲜的鲤鱼不正是人们的美味吗？这么多鱼，可以让人们吃上好一阵子了。"伏羲为自己的这个想法感到特别高兴，鞋子都没脱就下河去捉鱼了。

没多久，伏羲就捉到了好多鲤鱼，欢欢喜喜地提回了家。

村子里的人看到伏羲手中的鲤鱼，都来围观，好奇地问那是什么东西。伏羲开心地笑起来，把鱼分给大伙儿品尝。大家吃了，都称赞鱼肉又嫩又新鲜，便请求伏羲传授捉鱼的方法。于是伏羲马上把大家领到小河边，亲自给他们示范怎么捉鱼。

这样，没到三天，大伙儿都学会了捉鱼。他们还把捉鱼的方法传到其他部落，这样，所有的人都不至于挨饿了。

忽然有一天，人们正在捉鱼的时候，龙王出现了，身后簇拥着一大群虾兵蟹将。

"谁允许你们捉鱼的？你们可知道这是谁的地盘？"龙王凶巴巴地吼道。大伙儿看到龙王来了，都吓呆了。

这时，伏羲走到人群的前面，说："是我教大家捉鱼的。你不是东海龙王吗？那么大的海搁着不管，来我们这偏僻的小河做什么？""哼！"龙王生气地甩了甩袖子，说，"不管什么大河小河，最终都是要流到我们东海的，所以都归我管！""那就不好意思了！"伏羲微笑着说，"我们不吃鱼没法生活呀！"

龙王见伏羲丝毫没有道歉悔改的意思，气得龙须都直了，骂道："你们的死活关我什么事，反正不准再捉鱼！"

伏羲说："好，好，不捉

鱼也可以。看来以后我们饿得受不了的时候，只有靠喝水充饥了。万一，哪天把河水喝完了，你可不要怪我们啊。"

"你！"龙王听伏羲这么一说，又气又急。他还真担心水会被喝完，那时，他们水族也只有干死了。但是，如果被伏羲的威胁吓退的话，他的面子在众多的虾兵蟹将面前没法放啊。

这时，乌龟丞相走上前来，把嘴巴凑到龙王耳边，说起悄悄话来。大伙儿听不见龟丞相说的什么，只知道龙王听了，就哈哈大笑起来。

过了一会儿，龙王转过脸来，严肃地对伏羲说："只要你们不把水喝干，捉鱼也可以。但是，你们不能用手捉。这是我唯一的要求，若是你们答应，我们就这样定了，以后双方都不准反悔！"

伏羲见龙王不可能再做出什么让步，就答应了。龙王看伏羲上了当，便高高兴兴地回东海去了。

伏羲回家以后，开始日夜思索如何不用手捉鱼的方法。一天，天气非常闷热，伏羲躺在树荫下乘凉。他呆呆地望着天空，继续思考着如何不用手捉鱼的方法。一阵风吹来，树枝间的蜘蛛网被吹破了一个小洞。可蜘蛛却不紧不慢地爬过去，左一道丝，右一道丝，补起洞来。不一会儿，那张大蛛网又变得和原来一样了。

伏羲忽然站起来，拍拍自己的脑袋，嚷道："我知道啦！我知道怎么不用手捉鱼啦！"村子里的人听到伏羲的叫喊都跟了过来。只见伏羲跑到山上找了一些葛藤来当绳子。像蜘蛛结网那样，他把葛藤编成了一张粗糙的网。编完以后，他又砍了两根木棍，做成一个"十"字的样子，绑到网上。

最后，他又砍了一根又长又弯的长棍绑到十字架中间，网就做好了。然后，伏羲把网拿到河边，用力抛向河中。他就手

握长棍，坐在岸边静静地等候。大伙儿也静静地站在伏羲两侧，紧张得都不敢大声呼吸。他们期待着沉在河底的网能带上鱼来，看得眼珠子都不动一下了。

隔了一会儿，伏羲站起身来，猛地把网向上一提，拖到岸上来。

"哇！"大伙儿齐声惊呼起来。原来，网里装满了活蹦乱跳的鲤鱼，比原来用手捉的鱼多出了许多。

这样，人们捉鱼不用下水了。伏羲耐心地教人们织网，教他们捕鱼。等人们学会织网以后，再也不用担心会挨饿了。他们靠撒网捕鱼就可以养活一家人了。

男的在外捕鱼，女的在家织网，人们过着幸福的生活。

你瞧，现在的人们还沿用着伏羲的方法，用网来打鱼呢。

据考察，伏羲文化是农业起源以前一个重要的时期，应该早于1万年，甚至是1.2万~1.5万年。

龙女智斗薛王

西沂河岸边有一座叫王庄的小村子。村子东头有一间非常破烂的草屋，里面住着忠厚老实的王小。在他很小的时候，父母就因为一场灾害先后去世了，剩下他孤身一人，靠打柴为生。一场大雨后，草屋已经坍塌了大半。

一天，王小在山上打柴，见一只大鸟从东南方飞来，栖息在半山腰。那真是一只神奇的大鸟，全身上下的羽毛璀璨夺目，射出万道金光。那只大鸟在地上抖了两下翅膀，长鸣一声，然后飞走了。王小这才跑过去，因为刚才他怕惊吓到大鸟，就躲在树荫后一动不动地看。只见大鸟停落的地方留下了一枚铜钱，王小觉得那铜钱很特别，便拾了起来放在衣兜里。

在回家的路上，王小觉得口很渴，便放下柴，来到一棵山楂树下随便吃了几颗山楂解渴。

过了一会儿，树下来了一老一少。"师父，我们这么辛苦地找那枚铜钱做什么啊？"少年问道。"只要用红丝线拴上它放进海里，龙王就会请你进龙宫，要什么给什么。"老人答道。

王小听了心想："刚才那大鸟说不定就是凤凰。那我口袋里的铜钱就是他们口中的宝贝了。既然上天赐予了这样的机会，我就该去试试。"于是他走了半个月才来到东海。按照老人讲述的那样，在铜钱上拴了一条红丝线抛入海中。龙王真的出现了，热情地邀请王小去龙宫游玩。

"英雄，我们龙宫有很多宝物。我愿意用任意一件你喜欢的宝物换取你那枚铜钱。"龙王说道。

王小见龙王身后跟着一只金丝哈巴狗，一副乖巧可爱的样子，很惹人喜爱，就说："我很喜欢这只小狗，可以换给我吗？"

龙王听了，脸色立刻变了。原

来那只小狗是他最疼爱的公主三娘。她听说有凡人入宫，就变作金丝哈巴狗出来看热闹。可是龙王有言在先，不能拒绝，只好答应了王小。

王小牵着金丝哈巴狗，开心地回家了。他把小狗放在屋里后，就和以前一样，锁上门，拿了扁担和斧头上山打柴了。中午回到家里，王小推开门就看见桌子上已经摆好了一大桌热气腾腾的饭菜。他以为是好心的邻居大妈给自己端来的饭菜，便高兴地吃了起来。可是，一连三天，王小打柴回来，都有好饭好菜等着他。更奇怪的是，当他到隔壁去感谢大妈时，大妈居然说没有这回事。

第四天，王小偷偷藏在屋外的窗帘后，想看个究竟。到了晌午，小哈巴狗打了一个滚儿，变成一位美丽的女子，只见她轻轻地吹了一口气，一桌饭菜眨眼间就出现了。

王小冲了进来，女子羞羞答答地说出了自己的身份。她非常欣赏王小的勤劳和忠厚，暗地里已经喜欢上他。王小当然也很喜欢眼前这位漂亮的龙女。于是，他们就在草屋里拜了天地，成了夫妻。很快，龙女吹出了一座锃明瓦亮的楼台殿阁。小两口幸福地住了进去。

这事很快传到了皇宫里。薛王来到王小家，见到漂亮的龙女就起了歹心。

"我命令你在门前打十二眼井，井旁都要有一棵垂柳，井里都要有两条半斤重的鲤鱼。明天有一样办不到，拿龙女顶替。"说完，薛王拂袖而去。

这哪里难得倒龙女呢？第二天，薛王看到了十二眼井里鱼跃水动，十二棵垂柳风吹枝摇，很不甘心，又对王小说："你在院里摆上二十四马，都得粉鼻粉眼粉肚皮，马上都要坐一个俏佳人。今晚我就住在你的客厅，明早起来看。"

当晚，龙女摆酒宴招待薛王。

48

他吃饱喝足后就睡着了。一觉醒来，发现他要的东西一点儿不差，都在院子里。薛王气愤极了，却找不到理由发泄。只见龙女上前说道："薛王，小女想献给你一个宝贝。"说着，她递过去一只拳头大小的小动物，非常可爱。薛王一看，喜欢极了，问："这是什么东西？喂养什么好呢？"龙女说："它叫祸，只吃生铁，喝香油。"

薛王心想香油有的是，生铁更不在话下。于是，他就带着祸高兴地回宫去了。谁知那小东西越长越大，越吃越多。全国上下的生铁都被它吃光了，香油也被它喝尽了。薛王没了办法，只好叫人把祸牵出去扔了。可祸实在是太大了，挤不出城门。薛王下令把祸杀死。当一百个勇士手持大刀向祸刺去时，只见祸突然口喷烈焰，把整个王宫烧成了灰烬。

中国是哈巴狗的原产国，这种又称"叭儿狗"的宠物，在400多年前由荷兰海员传入欧洲。现在早已遍布世界各地了。

沧海变桑田

在广阔的西藏高原，流传着许多古老而神奇的传说。其中，有一个关于雄伟的喜马拉雅山的动人传说：那是在很早很早以前的时候，这里还是一片无边无际的大海，凌厉的海风卷起海涛，推起波浪拍打着长满松柏、铁杉和棕榈的海岸，发出哗哗的响声。远处，重林叠翠，云蒸霞蔚。森林里长满了参天大树，开满了各种奇花异草，晶莹的露珠折射出太阳的光彩；成群的麋鹿和羚羊在丛林里欢快地奔跑，成群的犀牛迈着悠闲的步伐，来到湖边畅快地饮水；杜鹃、画眉还有百灵鸟，在林间跳来跳去，欢乐地唱着动听的歌曲……这是一幅多么美妙的大自然和谐图呀！可是，有一天，从海里突然来了条巨大

的五头毒龙。它推倒了大树，踩坏了野花，大吃动物……几乎要毁灭整个森林。

生活在这里的飞禽走兽都害怕极了，不知道应该怎么应付眼前这巨大的灾难。它们先往东边逃，气还没喘过来，毒龙就来到了东边。它们又全部你推我挤涌到西边，西边是茫茫海洋，下去也只是死路一条。正当这些可怜的动物们走投无路，等着被毒龙吞下的时候，忽然从大海的上空飘来了五朵彩云。彩云由远处徐徐飘来，不断变换着颜色，最后变成了五个无比美丽的仙女，她们的微笑有着战胜一切困难的魅力。仙女

们来到海边，伸手安抚着惊魂未定的动物们，看着眼前面目全非的森林，她们一起施展出无边的法力，降服了五头毒龙，将它赶回了大海。为了不让毒龙再出来作怪，仙女们又把大海退了几千米。

生活又恢复了往日的宁静，阳光也像过去一样温暖，所有的动物都诚心地感谢仙女们的救命之恩，请求她们继续留在人间成为他们的守护神。于是，本来准备返回天宫的五位善良的仙女，同意留了下来，与所有的生灵一起分享太平。五位仙女又施展了法力，将东边变成物产丰富的森林，西边变成一望无垠的良田，南边变成花草芬芳的花园，北边变成肥沃茂盛的牧场。

那五位仙女后来就变成了喜马拉雅山脉的五个主峰：祥寿仙女峰、翠颜仙女峰、贞慧仙女峰、冠咏仙女峰、施仁仙女峰。它们屹立在高空，默默地守卫着幸福家园。那为首的翠颜仙女峰就是世界最高峰——珠穆朗玛峰，当地人民都亲热地称之为"神女峰"。

科学家在喜马拉雅山脉上发现的贝壳化石，已经充分证明在数百万年前，这里的确是一片汪洋大海，现在的一切都是地壳运动的杰作。

梁山伯与祝英台

从前，在上虞县的城外有个地方叫祝家庄。庄里住着一个姓祝的财主，百姓们都叫他祝员外。他有个女儿叫祝英台，不仅长得美丽端庄，而且从小聪明伶俐。她非常渴望能去学堂读书。可在那时，女孩子是不允许读书的。祝英台心想："难道女孩子就只能待在家里做家务吗？"

晚上，祝英台便把要去杭州读书的想法告诉了父母。祝员外听了，不肯答应，说："你如果是个男孩子就好了，可你是女孩子怎么去读书呢？"祝英台倔强地说："爹爹，您这分明是重男轻女，谁说女子不如男啊。历史上的女英杰很多啊，东汉的班昭，为完成父亲班彪和哥哥班固的事业，

继续写完了《汉书》。而且我还可以女扮男装啊。"最终,祝员外夫妇禁不住女儿的哀求,只好答应了。

祝英台便和一个叫银心的丫鬟一起换上男装,开始模仿男子的举止仪态。等熟练后,祝员外才让她们上路,又写信给杭州书院的馆主,让他特意关照祝英台。第一次出远门的祝英台,开心极了。在大街上像个小兔子蹦来蹦去。银心却非常担心,生怕出意外。慌张地喊道:"小姐,你别乱跑啊。"祝英台听了吓坏了,幸好四周没人,不然就暴露了。

两人就这样一边欣赏美景,一边赶路,来到一个亭子外,正想进去休息一下,才知道里面还有一个俊朗的年轻人正带着书童读书。祝英台见了,两头为难。

这时,亭子里的年轻人注意到了"他"们,热情地说:"兄台,上来

休息休息吧。这里的风景很不错哟！"祝英台发现他并没有发觉自己的身份，才放心地走了过去。

　　原来年轻人叫梁山伯，也是到杭州去求学的。两人一见如故，聊得非常开心。祝英台突然意识到自己的身份，脸红起来。梁山伯不但没有看出祝英台是个女孩子，还要和她结拜呢，祝英台立即答应了。两人便对着天地拜了三拜，从此成了好兄弟。梁山伯年龄比祝英台大，所以称祝英台为"贤弟"，祝英台则叫梁山伯为"梁兄"。

　　结拜后，梁山伯突然发现祝英台耳朵上有耳洞，便

惊奇地问："贤弟，为什么你耳朵上有穿过耳环的痕迹呢？"祝英台连忙解释说："那是因为我从小多病，父母说穿了耳洞，才能好。"梁山伯性格单纯，还是相信了祝英台的话。

然后，两人启程前往书院，在那里一待就是三年。这段时间里，梁山伯像对待自己亲弟弟那样照顾祝英台，祝英台虽然很喜欢和梁山伯相处，但又顾及自己的身份。

一次，两人在书楼看书入了迷，误了回学堂的时间，只好在书楼里过夜。可里面只有一张小床，祝英台很为难，便想了一个办法：在床的中间用九个碗隔开，说："梁兄，我怕睡熟了，踢着你，所以用水碗隔开。"梁山伯听了，笑着答应了。

很快，三年的时间过去了。一天，祝英台收到一封说母亲病重的信，非常着急。她想回去看望母亲，但又舍不得离开梁山伯。这时，站在旁边的银心给她想了个办法，羞得她满脸通红。

第二天，祝英台收拾好东西准备回家，梁山伯将她送了一程又一程，不肯离去。

在路过一个池塘的时候，正有一对鸳鸯在戏水。祝英台看了就说："梁兄，你看我们像不像那两只恩爱的鸳鸯？"梁山伯摇摇手，说："贤弟，你说错了。它们是夫妻，而我们是兄弟啊。"梁山伯太老实了，根本没有理解祝英台要说的意思。祝英台又好气又好笑，继续向前走。

不一会儿，祝英台心里又想了个主意，问梁山伯："梁兄，你觉得我长得好看吗？"梁山伯点点头说："贤弟是一表人才呀。"祝英台微笑着说："我有一个孪生的妹妹，想给你们做一个媒。你愿意吗？"梁山伯愉快地答应了。于是，两人约好：等梁山伯回家后就立即向祝家提亲。祝英台这才告别了梁山伯。

祝英台一到家，急忙跑去看望母亲。她后来才知道，家里给她定了一门亲事，要把她嫁给有钱有势

的马文才，但又怕她不肯回来，只好骗她说母亲生病了。

祝英台听了，差点儿昏过去，死也不答应。祝员外就把她关在一间阁楼里，不许她外出，还请来裁缝为祝英台制作嫁衣。可裁缝才进去一会儿，就被祝英台赶了出来。祝员外非常生气，却没有办法。祝夫人很心疼女儿，就对祝员外说："我看，女儿实在不愿意，就给马家退婚吧。"祝员外却说："不行！这样我们会得罪马家的！英台必须在三天后嫁过去。"这时，一个仆人进来说："老爷，大门外有一个自称是小姐同学的相公，想见小姐。"祝员外听了，立即明白了女儿不愿意嫁人的原因，连忙摇手拒绝。

好心的祝夫人劝道："我觉得还是让他们见一面吧，也好让他们死心。"祝员外也觉得有点儿道理，便答应了。当梁山伯看到穿着衣裙的祝英台，才惊醒过来，原来和自己相处了三年的兄弟竟然是一个美丽动人的姑娘。可祝英台看着梁山伯却高兴不起来，因为三天以后就是自己的婚期，想着想着就哭了起来，把整个经过告诉了梁山伯。

　　梁山伯听完，伤心得歪歪倒倒地离开了，刚走出祝家的大门，便晕倒在地。送回家后，他就一直卧床不起，请了好多大夫都治不好。在离祝英台出嫁的最后一天，梁山伯突然大叫一声"英台"，随后喷出一口鲜血，死去了。他的书童便拿着沾有梁山伯鲜血的手帕去找银心。当祝英台知道梁山伯为自己而病死后一点儿反应都没有，穿上火红的嫁衣答应明天出嫁，可她苍白的脸上却一点儿笑容也没有。

前来迎亲的马文才看到貌若天仙的祝英台，高兴得不得了。当路过梁山伯的坟墓时，祝英台的泪水唰的一下就下来了。她匆匆从轿子里冲出来，一边向坟墓跑去，一边脱下身上的红嫁衣，露出里面的白色孝服来。大家都惊呆了，不知道她要做什么。

祝英台跑到梁山伯坟前深情地喊道："梁兄，我来了。"说完，天空立即乌云密布，一道闪电划过长空，在梁山伯的坟头上炸开一道缝。祝英台不顾仆人的劝阻，跳进了梁山伯的坟墓。人们全吓坏了，看着裂开的坟墓又合了起来。

这时，天空又恢复了平静。从坟的一条小缝里，飞出两只亮闪闪的蝴蝶。两只蝴蝶你围着我，我绕着你，自由自在地在天空中飞着。它们所经过的地方，开出一片片五彩缤纷的花朵。梁山伯和祝英台再也不会分开了。

蝶类是世界上有记录以来分布海拔最高的昆虫之一，活动的极限可以达到5 600米的冰川地带。这个海拔高度让许多昆虫都望尘莫及。

济公活佛

济公活佛在杭州可是一个家喻户晓的传奇人物。

大家想象中的济公是头戴一顶破僧帽，身着一袭破袈裟，手摇一把破蒲扇，脚踩一双烂布鞋，浑身上下没一个干净的地方，老远就能闻到臭味。而且济公整天都疯疯癫癫的，难得有正经的时候。可就是这样一个疯和尚，却专管人间不平事，为穷苦老百姓出头，成了广受百姓喜爱的可爱人物。

关于济公有许多传说，而且大多都跟杭州迷人的西湖有关。传说，济公是南宋时浙江天台人，俗名李修缘。也不知什么缘故，18岁到了杭州灵隐寺出家当起了小和尚，法名道济。可和尚应当遵守的一切清规戒律，他都不放在眼里，总是酒不离手，肉不离口，把寺里的住持气得胡子都

飞了起来。后来，住持就把他转到南山净慈寺当记室僧，只是负责一些文书工作。

换了个清闲的地方，道济更加快活了。一次，净慈寺失火，连大雄宝殿都被烧了。方丈就叫他下山去募化建殿的大木。可道济和尚却躲在供桌下偷偷喝酒，整整醉了三天，被其他师兄弟拖出来的时候，还打着鼾呢。方丈正准备将他逐出寺院，忽然听到仍然闭着眼的道济大声喊道："快去井中取大木吧！"

众人半信半疑，跑到寺中井边一看，井底果然不断有材质上好的大木涌出，一取就是60多根。后来，方丈笑呵呵地连忙说够用了，大木才没有再涌出来，而一根刚要出井的大木，也就在井中停了下来。

今天到净慈寺还能看到那口"神运井"里，看到井水面上的大木端面呢。而道济的法力也因此出了名。

后来，道济实在是受不

了寺院里的各种规矩，就离开寺院过上了帮助老百姓的流浪生活。大家都称呼他为"济公"。

一次，济公预先知道将有一座小山从西方飞来落在灵隐寺前，如果不及时迁走的话，将有很多无辜的老百姓被压死。济公把这个消息告诉了正在办喜事的人们，可大家都以为他是在说疯话，根本不加理会。为了拯救寺前几十户村民的性命，济公急中生智，背起新娘就跑。众人都叫喊起来："疯和尚抢新娘了！快抓住他！"可济公是有神力的人，脚下就跟踩着风似的，一溜烟就跑远了。村民们在后面使劲追着。

跑到安全的地方，济公才停下来，把新娘放了下来。

村民刚要围上来找济公理论，只听"轰"的一声，一座山峰就落到了灵隐寺前，压垮了所有的房屋。大家这才明白是济公用机智救了自己的性命。

济公是我国古代劳动人民心目中理想化的人物，是他们除暴安良愿望的体现。

名贵的牡丹——青龙卧墨池

在绵绵不绝的昆仑山上，有一个仙气缭绕的大湖，传说这里就是西王母娘娘居住的地方——瑶池。负责镇守瑶池的是东海龙王的十八代孙小青龙。

虽说瑶池是人间仙境，风光秀丽，安逸舒适，但时间一长，小青龙感到无比烦闷。它太寂寞了，想想也是，这两千五百余里的高山上，一年都见不到什么人影，就是其他动物也很少来，小青龙连个说话的伴儿都没有。小青龙就独自在瑶池里生活了许多年，整天看着日升日落，雾聚雾散。

终于有一天，好不容易有一只想看瑶池是什么样的胆大小鸟出现在了小青龙的视野里。小青龙将所有的热情都给了这位新朋友，小鸟

也非常热心地将自己知道的趣事说给小青龙听，一个说得高兴，一个听得认真。它们从田里的青蛙说到了天上的凤凰，从南边的茉莉花茶说到了北边的糖葫芦。后来小鸟提到了一个叫曹州的地方，把那里的牡丹形容了一番。这可把小青龙的好奇心给引了起来，它想反正西王母娘娘去天宫办事还没回来，何不趁机去曹州看看天下第一的牡丹花呢？

于是，小青龙摇身一变，成了位年轻的公子，下山来到了曹州。原以为曹州应该是一个熙熙攘攘的热闹城市，牡丹花竞相开放，一派繁华才对。可小青龙看到眼前的一切却惊呆了，干裂的河床，荒凉的土地，枯黄的庄稼……哪里还有牡丹的芳踪呢？

带着满腔的疑惑，小青龙向一位过路的老汉打听："老人家，请问我可以到哪里观赏到牡丹花呢？"

65

老汉瞪大了眼睛，说:"年轻人，你是外地人吧？不要说牡丹，再这样干旱下去，过不了多久，怕是连人都看不见了。"

小青龙惊讶地问:"难道你们没有求过雨吗？"

老汉叹了口气说:"怎么没有呢？全城的人天天轮着去龙王庙磕头求雨。可龙王爷是铁石心肠，就是不开恩哪，也不知道究竟要让我们曹州干到什么时候啊？！"

老汉说着说着，难过地落下了眼泪。

小青龙知道这事情一定有原因，于是来到龙宫，求见了老龙王。本来老龙王看到许久不见的小青龙，还很高兴，但一听它说起曹州大旱，就发起怒来。后来还是龟丞相说出了事情的原委。两年前，听说了曹州牡丹美名的老龙王也一时兴起，从曹州移来了十棵牡丹，栽在龙宫。可陆上的牡丹到了东海里，怎么也不开花。老龙王非常生气，下令三年不给曹州一滴水，要把牡丹都旱死。

明明是老龙王不对，可老龙王就是不听小青龙的劝告，还骂了小青龙一顿，说它擅离职守，再不返回瑶池，就要治它的罪。

无奈的小青龙只好离开了龙宫。在回瑶池的路上，它经过曹州上空时，看到了那位交谈过的老汉。老汉正蹲在自己家的花园里，守着一棵奄奄一息的红牡丹，哭了起来，一边哭一边说："我真是没用啊，只能眼巴巴地看着你这棵稀世品种就这样干死。"

小青龙看着即将倒下的牡丹花，心里难过极了，难道这样美好的一个生命就这么死去了吗？突然，小青龙脑袋里灵光一闪——它想到了自己镇守的瑶池仙水。

"我为什么不取一点儿瑶池里的水，来浇灌曹州牡丹，救救可怜的曹州百姓呢？"这个想法顿时让小青龙来了精神，飞速地向昆仑山飞去。

小青龙回到瑶池，见娘娘还没有回来，便张开大口，把瑶池仙水吸了一半吞

进肚子。它一口气也没歇息，又腾云驾雾回到曹州，在空中喷起了仙水。

"哗啦啦……"

一场救命的大雨给曹州带来了生机。庄稼绿了，树木活了，百花盛开了，人们在大雨中欢快地奔跑着、欢呼着。那棵修炼百年的红牡丹也焕发出了所有的神采，开出最美丽的一朵牡丹来。

不过几分钟的时间，牡丹花就变成了一位婀娜多姿的红衣少女。她挥手对小青龙说道："小青龙，你甘愿触犯天规来解救曹州的生灵，真是太让人感动了。可惜王母娘娘不会放过你的，你就不要再回到瑶池去了，暂时在这里先躲一躲吧。"

小青龙又变成年轻公子，来到牡丹仙子身旁，说："谢谢你的好意。但是王母娘娘有一面能看透世间万物的镜子，我躲不掉的。"

牡丹仙子急得快要哭了，说：

"那我把你藏在我的心里，他们应该找不到吧？"小青龙还是摇摇头说："那镜子只有黑色的地方照不出来，而你是大红色……"

牡丹仙子立刻打断了小青龙的话说："我有办法了。"说完，她就转了个圈消失了。小青龙考虑了一会儿，担心连累牡丹仙子，正准备离开，却被一个浑身乌黑的姑娘拉住了。

原来，牡丹仙子为了搭救小青龙，飞到泰山墨池，不惜毁掉自己娇美的容颜，把全身浸泡成黑色，变成了丑女。牡丹仙子又变成一棵牡丹，开出墨黑色的花，黑色的花瓣慢慢张开，等待着小青龙藏进它的心里。小青龙感激得说不出话来，正在这时，远方飘来滚滚浓云，小青龙来不及说话，就一跃钻进了牡丹花心。

浓云在曹州城停了下来，西王母娘娘站在云头，后面跟着一大批天兵天将。

她是来捉拿偷用瑶池仙水的小青龙的。可是她用镜子照了好几遍，都没有找到小青龙的影子。

西王母娘娘大发雷霆，气愤地说："一定有人在帮助小青龙。"于是，她命人去鬼怒涧取来了恶水。这恶水是专对付神仙的东西，不管是哪路神仙，只要身上沾上了恶水，就会法力全失，再也当不了神仙。

西王母娘娘就在曹州大地上洒起了恶水，没有放过任何惩罚小青龙的机会。黑牡丹和小青龙的身上都被恶水浸湿了。虽然从此仙界少了两位神仙，但曹州的牡丹园却新添了一种名贵牡丹：青龙卧墨池。

这种花里，黑中透红，紫黑发亮，青色的花心里像趴着一条弯弯曲曲的小青龙呢。

雍容华贵的牡丹位列我国十大名花之首。

70

红照壁里的鸡叫声

承德避暑山庄里树木郁郁葱葱，泉水叮叮咚咚，以它特有的清凉幽静成了过去皇帝爱来的地方。在它的正前门，有一座非常神奇的红照壁。

据说，人们在壁前跺跺脚，然后将耳朵贴在墙上，就能听见墙壁里有"叽叽叽"的叫声。要是遇到早晚清静的时候，这叫声就会更真切，隔着十步远都能听得清。奇怪了，墙壁里怎么会有鸡叫的声音呢？当地人会告诉你，这是鸡冠山上的金鸡在里面叫呢。

这鸡冠山又是个什么地方呢？它距离避暑山庄东南方向20千米，远远望去，整个山岭就好像金鸡的身体，山顶上耸立着的五根粗大的红色岩柱，一字排开，活像那雄鸡的鸡冠。说起鸡冠山，有这么一

个故事一直流传到现在。

据说，200多年前，鸡冠山下住着一个孤寡老汉。每天晚上，他都听见后山上响起"叽叽叽"的鸡叫声，可是白天去那转悠一圈，连根鸡毛都没有发现。

老汉心里实在纳闷儿，不解开这个谜，晚上怕是睡不好觉了。于是，在一天晚上，他借着明亮的月光，顺着鸡叫的声音，摸索着来到后山，在一个隐蔽的小山洞前，看见一只浑身金灿灿的老母鸡，正领着一群金黄的欢快的小鸡在寻找食物。

老汉打心眼儿里喜欢上了这群可爱的小鸡，躲在一边，悄悄看着它们。而且每天还把省下来的小米，带到小山洞前，给鸡妈妈和小鸡们食用。

日子一久，老汉和这群鸡成了朋友，每天都要玩儿上一会儿，从不间断。

正在这时，朝廷颁布命令，要热河附近的老百姓都去给皇帝修建行宫，不去的就要坐牢。老汉也接到了通知，但是他放心不下后山那群鸡朋友。这时，他远方的一个亲戚来看他，老汉便把喂鸡的事托给了亲戚，并嘱咐他要好好对待鸡群。谁知这个亲戚却是个贪财的小人。当他发现这群鸡是一群金鸡的时候，高兴得差点儿没叫起来。晚上，他偷偷躲在山洞旁边，准备抓一只金鸡，发一笔大财。他看到母鸡领着小鸡一出洞，就猛扑了上去。

老母鸡赶紧把小鸡送回了山洞，自己来不及回去，就只好往山下跑，一口气到了热河行宫门前正在修建的红照壁，跳了进去。从那以后，"叽叽叽"的鸡叫声就响起来了。

避暑山庄又名承德离宫或热河行宫，距离北京230千米。它始建于1703年，历经清朝三代皇帝：康熙、雍正、乾隆，耗时约90年才完全建成。

富贵水仙

我国南方有着在新春佳节 赏水仙的习俗。在家里放上一盆洁白如雪的水仙，淡淡的清香飘浮在空中，怎么能不令人陶醉，让人欢喜呢？传说，从前在广东有一个富翁，家里有良田千顷，带着两个儿子在家里养老，过着逍遥自在的日子。没过几年，老富翁死了，分家的时候，大儿子耍了一些手段，霸占了所有的田产和房契，只给老实的弟弟留了一块什么也不长的荒石坝。弟弟争不过哥哥，只好勉强接受了，可荒石坝是一块废地，一点儿用也没有。弟弟渐渐把家里的东西都卖光

了，米缸已经见了好几天的底了，实在饿得没有办法，只好去找哥哥借米。坐在雕花木椅上的哥哥，穿着绫罗绸缎，吃着山珍海味，却一点儿也不同情弟弟，连瞧都不瞧一眼，就直接把他轰了出去。

老二看到哥哥这样不顾兄弟之情，不禁坐在大门口伤心地哭了起来。旁边的石狮子本是天上的灵兽，也非常同情这个可怜人的遭遇，就跑回天庭，向玉皇大帝禀报了此事。玉皇大帝也觉得这弟弟实在是太老实了，想帮帮他，可直接拿金子银子给他，怕他养成懒惰的毛病。玉皇大帝一边踱着步，一边想用什么方法帮他。他把头一歪，看到放在案台上的一盆水仙花，有了主意，说："我看，就把水仙花交给他种植好了，这样他可以靠卖花赚钱啊。"旁边的太白金星提醒说："万一别人来抢他的花种，怎么办呀？"玉皇大帝可不允许有人欺负他帮助的人，眉毛一挑说："我只允许水仙花开在他的那块荒石坝上。如果别人想把花移去种，哼，也只能当年有花看，第二年就什么也没有了。"

玉皇大帝这个办法还真是不错。太白金星领着水仙花种来到了凡间，变成了一个衣衫

褴褛的老头儿，摇摇晃晃地从老二的身边走过，故意摔在了地上。好心的老二连忙上前扶起了老头儿。老头儿很感激，就拿出了一包花种，说："小伙子，你的心肠真好，能帮我养养这些水仙花吗？我已经没有力气了。"老二愿意帮忙，但是他也说出了自已的苦衷："大爷，我没有地方来种花啊。"老头儿说："我知道你有一块荒地，那儿种花正好。"老二有些糊涂了，都说花这种东西娇气得很，对土壤、水分、气候等都有很高的要求，荒石坝也能种花吗？可他见老头儿一再坚持，也就只好试试了。没想到，花种播下没几天，就在荒石坝上发了芽，长出了叶。

奇怪的是，这种植物也不像别的花草枝叶繁多，就几片兰草一样的长叶，中间开着两三朵秀丽雅致的白色花朵。而且一长就是茂盛的一大片，半天的工夫就布满了整个石坝。谁都没有见过这么美丽的景色，老二回头再找给花种的老头儿，早已不见踪影了。他可不知道，一群神仙正在天上乐呵呵地望着自己呢。老二细心地呵护着这些水仙花，慢慢掌握了栽培的技巧。到了过年的时候，别的花都枯萎了，只有老二的荒石坝上花香浮动、喜气洋洋。四周的乡邻都来找他买花买种，老二也因此赚了不少钱，过上了富裕的生活。他每天看着冰清玉洁的水仙花，心情也舒畅，活了将近一百岁才去世。

而贪心的老大把家里所有的钱都拿给弟弟买了花种，准备第二年再卖了赚钱。结果，花开了一次，就再也不开花了，老大气得昏死过去。所以，水仙花在许多南方人的心目中象征着富贵祥和。

水仙虽然清雅芬芳，但是它的鳞茎却是有毒的，不过捣烂之后可以治疗肿痛。

龙女三公主

燕窝岛有个孤苦无依的小孩名叫小仔，家里穷得只剩四壁，十五六岁就到渔船上给人当伙桨仔了。他每天的生活就是烧饭，做杂活。但是他敦厚老实，手脚也很麻利，还吹得一手好渔笛。渔笛是早已过世的父亲留给他唯一的财产。

冬日的清晨，渔船依旧迎着日光扬帆出海了。薄雾在阳光的稀释下慢慢消散，那样的过程是大海最温柔最神秘的时刻。当然，渔夫们是无暇欣赏这一切的，他们得忙着撒网捕鱼。

一网又一网撒下去又拉上来，却空空如也。空船回家对于渔夫来说是最差的征兆，也是极没有面子的事情。所以，即使夕阳来临，他们任何一个人也没有提出打道回府的建议。

船老大看伙计们一个个愁眉

苦脸，情绪越来越低沉，便对伙浆仔说："小仔！给大伙儿吹首曲子解解闷吧！"

伙浆仔坐上船头，取出笛子，轻放在唇边，婉转动听的笛声便一泻而出。那笛声荡漾在碧波万里的海面上，和朵朵浪花嬉戏逗乐。一支曲子吹完，空气中弥漫着愉快的芬芳。

船老大一声呼喝，大伙儿又开始撒网了。可是，渔网一节一节拉上来，还是空的。大伙儿心都凉了大半截。拉起最后一节网袋，他们猛地往船板上一甩。网袋里冲出万道金光，把整个渔船映得亮堂堂的。大伙儿惊呆了！仔细一看，一条金灿灿的鱼正在渔网里乱扑腾呢。这条鱼浑身金鳞闪亮，背脊上有一条鲜红的花纹，头顶红通通，嘴唇黄澄澄，唇边还挂着两条又细又长的胡须。

除了船老大，大伙儿都不知道这是什么鱼。他告诉大家，这是一条非常稀罕名贵的黄神鱼。

相传吃这种鱼能补身强筋骨。并且，有黄神鱼的地方，一定会有庞大的鱼群……

船老大还没说完，就自顾自地乐起来，对伙桨仔说："去把黄神鱼剖了，烧锅热气腾腾的鲜鱼羹给大伙儿补补神吧！然后，我们就得开工，捕个大网头，一网鱼装三舱！"

伙计们听了满心欢喜，起劲地摇起桨，撒起网来。只有伙桨仔看着黄神鱼发愣：这样好看的鱼杀掉，多可惜啊！他心里千般万般地舍不得，却又无可奈何，只得拿起刀，在磨石上"嚓嚓"地磨起来。这可把黄神鱼吓得乱蹦乱跳。

突然，伙桨仔听到一阵女孩子幽咽的哭泣声。这可就奇怪了，船上哪来的姑娘啊？他四下张望了一番，连个人影都没有。回过头来，只见黄神鱼躺在舱板上，嘴巴一张一闭，双眼噗噗流泪。伙桨仔看呆了。

黄神鱼忽地跳到他的脚边，苦苦哀求道："放了我吧，求你了！"伙浆仔越发惊奇，蹲下身子问道："你会说话？"黄神鱼点了点头。伙浆仔心肠软，用手揩揩黄神鱼的脸，同情地说："别哭，别哭！我放你归大海！"

伙浆仔双手捧着黄神鱼，走到船舷边。黄神鱼扑通一声，跃进了大海。浪花中冒出一个姑娘，一双大眼睛盯着伙浆仔，扑哧一笑："你怎么哭了？"伙浆仔窘迫得满脸通红，急忙用刚才替黄神鱼揩过眼泪的手，揉了揉眼睛，定睛再看，姑娘不见了。

原来，黄神鱼是东海龙王的三公主变的，悄悄溜出来玩的。她被伙浆仔的笛声吸引过来，却不小心落入了他们的网中。为了报答伙浆仔，她给了他神眼珠。这样，海底的海藻泥沙、龟鳖蟹虾变得一目了然。他正感到奇怪，一群黄鱼迎面游来。

"黄鱼！一群大黄鱼！老大，快下网呀！"伙浆仔高兴地大

声喊道。船老大半信半疑地撒下渔网。过了一会儿，伙浆仔笑着道："进网了，快拉呀！"网袋浮出了海面，满满一网大黄鱼，足足装满船。从此，大伙儿都喜欢跟伙浆仔出海，次次满载而归。这可吓坏了东海龙王，急忙找来龟丞相商量。

龟丞相凑近龙王的耳朵，如此这般地细语了一阵。说完，龙王无可奈何地叹了口气，说："看来只得如此了！"

一天，伙浆仔被一个巨浪卷走了。他只觉得一阵晕眩，不知漂到了哪里。一群宫女簇拥着伙浆仔进了宫殿。

龟丞相笑道："通灵性的黄神鱼就是美丽的三公主。患难相救，终身相配！"

伙浆仔一听，又喜又惊。但转念一想，怎么能让公主跟着自己这个渔郎受苦呢？他还是决定离开。

龟丞相急了，把脸一沉，喝

道："龙王有旨，不愿留在龙宫，只好收回神眼珠！来呀！"一队墨鱼围了上来，猛地喷出墨汁。伙浆仔双眼一阵剧痛，昏死在地。等他醒来，已经躺在了海岸边，眼前一片漆黑，他什么也看不见了。

伙浆仔心中充满了忧伤和愤恨，常常独自坐在海边，吹着渔笛。那笛声失去了从前的愉悦，满是哀伤。

三公主循着笛声来到海边，见到双目失明的伙浆仔，心痛不已。

"让我看看你的眼睛吧！"

伙浆仔听出了三公主的声音，顺从地躺在沙滩上。

三公主把嘴巴张大，一颗龙珠落在伙浆仔的眼睛上。

龙珠滴溜溜地打转，伙浆仔眼珠里的毒汁也一滴一滴地往外淌。眼珠越来越明亮，龙珠却越来越暗淡！

伙浆仔双目复明了。

"怎么了？你怎么了？"

伙浆仔焦急地问道。他没有

想到，自已第一眼看到的竟然是三公主瘫坐在地，憔悴无神的样子。

三公主含着泪说："龙珠失明，我只好回龙宫养身。以后，我们恐怕再也没法见面了！"伙桨仔难过得泪水流淌而下，说不出一个字来。过了一会儿，他轻轻地扶起三公主，说道："为了救我，你竟然献出了如此宝贵的东西，我怎么受得起啊！"

三公主深情地望着伙桨仔，微笑着说："你双目复明了，我也就放心了！"说罢，三公主渐渐地现出龙形，消失在苍茫的大海里。"等我回到龙宫里，会让父王每日赐予你海产万担的！"三公主最后留下的话在空中回荡着。那里面弥漫着无数的不舍之情。

据说，东海龙王拗不过女儿的请求，终于答应每日奉献海产万担，算是报答伙桨仔的救命之恩！

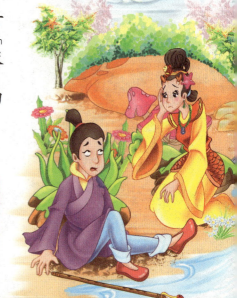

现代渔船分为网渔船、钓类渔船、特种渔船等。

大禹治水

在远古的时候，大地被汪洋覆盖着，被海水隔成一个个小岛。人们只能生活在狭小的几个地方，来往非常不方便，而且大海一旦泛滥就要死很多人。所以人们都祈求天上的神仙能来帮忙。传说神仙鲧看到了老百姓的苦难后，便瞒着天帝偷走了用来治水的宝贝"息壤"。可惜被天帝发现了，便命令火神祝融将鲧带到东海的羽山脚下处决。鲧虽然死了，可他的身体却一直没有腐烂，三年也不见生蛆虫。而且肚子变得很大。

一位天神见了觉得很奇怪，便用刀子割开鲧的肚子，里面竟飞出一条蛟龙来，他就是鲧孕育了三年的儿子——大禹。而此时的鲧则变成了一条黄龙，咆哮着

消失在了云里。大禹出生不久，就变成了一个小男孩，长大以后，继承父亲没有完成的治水事业。

那时，有个叫共工的水神，非常狂妄。经常卷起大浪，淹没人们的家园。这样一来，适合人们居住的地方就越来越少了。大禹被共工的暴行激怒了，下定决心要除掉他。他召集一些神仙共同商量讨伐共工的计划，神仙们得到大禹的邀请，纷纷赶来帮助，只有防风氏不知道什么原因没有来，大禹非常愤怒，命令将他处死。这件事以后，其他神仙都知道了大禹的铁面无私，更加拥护他。于是，大禹率领神仙来到了茅山讨伐共工，几个回合下来，共工最终被打败了，再也不敢出来祸害人们了。之后，大禹又带领人们治水，整整花了八年，疏通了济水和深水，将它们顺利地引向了大海，并且开通了泗水、淮水，让它们在长江汇合。慢慢地，水退却了，大地也渐渐地露出了笑脸。人们终于能够安居乐业了。

大禹治水的功劳，感动了很多天神。在治理黄河的时候，河伯特意送来水系地图，这对大禹治水非常有用，被他视为无价之宝。因为大禹整天为治水忙碌，一直到三十岁都还没有娶妻。一只长着九条尾巴的白狐狸知道后，变成一位名叫涂山氏的姑娘，嫁给了他。可新婚不到五天，大禹就离开了家，重新回到了治水的队伍。

在与洪水搏斗的日子里，大禹曾经三次经过家门，由于过于匆忙，居然顾不得回家去看一看。大禹治水的功劳，大家都看在眼里，记在心中，对他非常爱戴。

当时，人们的首领叫舜。等舜死后，大家都一致推选大禹做新的首领。禹也成了中国历史上第一个朝代——夏朝的奠基人。

大禹陵，位于现在的绍兴市区东5千米处的会稽山下，传说是大禹下葬之地。

煮海治龙王

很久以前，在舟山西南面有一个叫"金藏岛"的地方。传说，下面到处埋藏着金灿灿的珠宝。贪婪的东海龙王为了独占，便派众多的虾兵蟹将前去施法，想将金藏岛淹没，划入自己的地盘。顿时，乌云密布，狂风大作，金藏岛附近的渔船，纷纷被巨浪打翻，岛上的房屋也被吹得变了形。百姓们四处逃命，哭声，叫声，响彻云霄，一片凄惨的景象。金藏岛东面有座纺花山，住着一位纺花仙女。她亲眼目睹了这一切，知道是东海龙王在作怪，为了金子欺压百姓，心里非常气愤。当海水快要淹没小岛的时候，纺花仙女用手中的神帚向海面轻轻一挥，汹涌的潮水暂时退了下去。金藏岛上幸存的百姓抓紧时间逃往纺花山。

一阵烟雾飘过，纺花仙女变成一位白发苍苍的老阿婆，拄着拐杖对百姓说："龙王淹没了金藏岛，大家如果想恢复生活，只有跟我一起把花纺成渔网，下海击败龙王才行！"大家听了老阿婆的话，就这样纺啊，织呀！七七四十九天过去了，终于织出了一顶九九八十一斤重的金线鱼网。但大家都为不知道该派谁下去和龙王斗而苦恼。这时，一个人从人群中跳了出来，拍着胸口说："我去！"回头一看，原来是只有七八岁的海生。那么小，怎么和龙王斗啊？大家都很失望。纺花仙女却笑着说："下海斗龙王，关键要看有没有胆量，不在于年纪的大小！就让海生去吧！"接着，她把一件金线衣交给了海生。海生穿上后，顿时感觉全身充满了力量。不一会儿，他就变成了一个力大无穷、顶天立地的巨人，轻松拿起了金线鱼网，"扑通"一声跳进了东海。

游到哪里，哪里的海水就为他让路。原来金线衣是纺花仙女特意为他编织的避水宝衣！海生爬上一个小岛，取下挂在胸前的金线网向下一抛，大声喊着："大，大，大……"那金线网就铺天盖地地撒向了大海。然后再将网收起，竟擒住了东海龙王的护宝将军——狗鳗精。海生听纺花仙女说过，只要抓住了狗鳗精，就可以得到煮海锅，用它就能打败龙王。他开心极了，命令狗鳗精立即交出煮海锅来！可狗鳗精说什么也不肯。于是他又喊："小，小，小……"金线网渐渐地越缩越小，狗鳗精在网里疼得又跳又叫。为了活命，狗鳗精只好乖乖地把煮海锅交了出来。

海生得到了煮海锅，回到了纺花山。

大家把煮海锅架起来，海生捧来海水将它灌满。接着，又抱来干柴，用大火烧煮。不久，锅里就"噼里啪啦"地沸腾起来。

东海龙王和虾兵蟹将被烫得在水面上蹦来蹦去。"把金藏岛还给我们！要不然，就煮烂你这个东海龙王！"东海龙王听了，忙趴在地上，向大家磕头求饶。他下令退潮，将金藏岛重新露出水面。大家看到又能过上好日子了，都高兴得跳起来。海生见东海龙王老实了，便熄掉了火。可狡猾的东海龙王又把潮水涨高，一个浪打过来，煮海锅不见了。"啊，东海龙王太可恶了！现在该怎么办啊？"海生非常着急，在地上直跺脚。这时，埋在地下的金子全都被震了出来，飞向海岸，变成了一个金光闪闪的大海塘。不管风浪如何翻滚汹涌，金塘纹丝不动。东海龙王见得不到金子，再也不来兴风作浪了。而"金藏岛"也被人们改称为"金塘岛"了。

据史书记载和出土文物考证，舟山群岛上有河姆渡第二文化层年代的遗迹。也就是说，早在距今 5 000 多年前的新石器时期，就有人类在岛上开荒辟野，捕捉海物，生息繁衍，开始从事渔盐生产。

夸父追日

在遥远的古代，中国北方矗立着一座雄伟挺拔的山峰——天山。天山上居住着一个巨人部落。他们的首领叫夸父，因此，人们称这个部落为夸父族。夸父是一个心地善良、身强力壮的勇士。

在那个时候，大地上到处是野草杂木，充满了毒蛇和猛兽，一到夜晚，它们就会出来袭击部落里的人。人们都十分害怕。夸父为了让人们过上安稳的日子，便带领大家和毒蛇猛兽进行搏斗。

由于夸父的勇猛，他捉住的毒蛇猛兽在部落里总是最多的。因此，族人都很佩服他，把他作为自己的偶像和英雄。

有一年，夸父部落受到了前所未有的大旱灾。太阳将地上的庄稼都烤焦了，河水也都断流了。人们由于没有东西吃，又没有水喝，非常困苦，每天都有很多人死去。

夸父非常焦虑，便召集所有的族人开会，当着他们立下雄心壮志，发誓要把太阳捉住，让它听从人们的指挥。一天，太阳像往常一样从东海升起，等候很久的夸父手拿着木棒对着太阳大吼道："太阳！不要太嚣张，我一定要捉住你！"太阳听了夸父的话，吃了一惊，心里感到非常害怕，便飞快地向远方逃走。

夸父见了，迈开大步开始追逐太阳。夸父跑得非常快，耳边的大风呼呼作响。太阳就这样在天上拼命地跑呀跑呀，夸父便在地上不停地追呀追呀。

在追太阳的路途中，夸父如果肚子饿了，就摘几个野果充饥；口渴了，就捧口河水喝。

为了部落早日能过上幸福的生活，夸父不时地鼓励自己："不能这样倒下去，我身上还背负着大伙儿对我的信任和期望。一定要坚持下去，追到太阳。"

就这样，在常人难以忍受的痛苦中，夸父一直追了九天九夜，越来越靠近太阳了。追到禺谷这个地方，他正要伸手去捉住太阳的时候，由于过度劳累，突然感到身上好像失去了骨架，一阵头昏，便晕了过去。等他醒来的时候，太阳早跑远了。

夸父不灰心，鼓足了力气，又出发了。当再次靠近太阳的时候，太阳突然把温度升高了许多，夸父感到非常难受，身体里的水分很快被蒸干了。

夸父走到东南方的黄河边，拼命地喝着黄河里的水。很快，黄河水被他喝干了，他又去喝渭河里的水。哪知道，当他喝干了渭河水时，仍然不解渴。于是，他向北走去，准备去喝大海里的水。就在这个时候，夸父再也支持不住了，慢慢地倒在地上，死去了。

夸父死后，他的身体变成了一座大山，被后来的人们称为"夸父山"。夸父手中紧握的木棒，也变成了一片五彩缤纷的桃林。桃林地势陡峭，人们便把这里叫作"桃林寨"。

坚强的夸父虽然没有捉住太阳，实现自己的心愿，可是天帝被他的精神和勇敢感动了，惩罚了太阳。从此，夸父部落年年风调雨顺，逐渐兴盛起来。夸父的后代子孙们为了能永远和他住在一起，便搬到夸父山下居住，在那里生儿育女，繁衍后代。夸父的追日精神一直被人们所传颂。

地球在自转的同时也在围绕太阳公转，地球的运动是这两种运动的叠加。夸父在不停奔跑的时候，脚下的土地也在运动，与太阳始终保持着遥远的距离，他又怎么能追得上呢？

宝莲灯

从前，天帝派神将二郎神和他的妹妹三圣公主守护着秀美的西岳华山。三圣公主有一件镇山的宝贝，那是一盏精巧的宝莲灯。每当妖魔袭扰华山的生灵时，三圣公主就取出宝莲灯。这件镇山之宝发出闪闪的金光，赶走了无数妖魔鬼怪。

一天，三圣公主带着一个叫朝霞的丫鬟到华山来巡视。她们一路上逗着可爱的小鸟，摘下漂亮的花儿戴在头发上，在山上玩闹起来，华山里充满了欢歌笑语。

"有人来了！"朝霞突然惊叫了一声。三圣公主回头一看，只见一位英俊的书生翩翩而来，不禁看出了神。

"公主！"朝霞轻轻喊了一声，三圣公主这才回过神来，急急忙忙与朝霞躲了起来，在树丛中偷看着书生的一举一动。

这位书生站在山崖边，望着华山缥缈的云彩，满心欢喜。突然，他掏出随身带的笔，在笔直的山壁上龙飞凤舞，不一会儿，就写出了一首诗：

神仙有伴侣，玉女喜吹箫。

不见凤凰至，何以慰寂寥。

写完诗后，书生有点儿累了，看到旁边有一块干净的大青石，就倒下来睡着了。三圣公主和朝霞这才从树丛中走了出来。朝霞说："公主，这书生还作诗呢。他写的什么呀？"

三圣公主笑着说："这首诗呀，是说古代的时候，秦穆公的女儿爱上了会吹箫的箫史，他们两个人坐着凤凰飞呀飞呀，飞到了天上，做了一对幸福美满的夫妻。"说到这里的时候，三圣公主看着熟睡的书生，心想，他真像自己心目中的白马王子啊，潇洒极了。

过了一段时间，华山上飘起

了小雪，仿佛风儿吹下来的柳絮。三圣公主脱下身上的沉香衣，轻轻披在书生身上，就飞到了云彩上。云彩在天上慢慢地飘啊飘啊，好像舍不得离开一样。这时候，书生醒了，小心收起了沉香衣，往山下走去。可他刚站起来，就觉得一阵头晕目眩，昏了过去。

还没有离开的三圣公主急忙降了下来，把书生带回了屋子里。在三圣公主的精心照料下，书生很快就醒了过来。他发现了身边守候着的仙女，深深地爱上了她。

从此，三圣公主就与书生生活在了一起，他们有了一个健康的儿子，取名叫沉香。儿子生下没多久，二郎神就知道了这件事情。他恼怒万分，派黄毛童子偷走了妹妹的宝莲灯，然后趁着云从天上降下来。

三圣公主知道哥哥即将到来，急忙让朝霞带着自己的丈夫和儿子下了山。

二郎神来到山顶上，大骂道："妹妹，你怎么可以跟一个凡人结为夫妻？"

三圣公主哀求着哥哥："请哥哥成全我们吧，我真的很喜欢他。"

二郎神听不进去，使出了高明的法术。三圣公主没有了宝莲灯，打不过哥哥，被他压在了山谷之下。

书生逃出来之后，舍不得离开华山，就在山下开了一个书馆，做起了教书先生。每天，他一边教书，一边细心抚养着儿子沉香。闲下来的时候，他就痴痴地望着不远处的山谷，心想：娘子啊，什么时候才能与你见面啊？

日子一天天过去，小沉香渐渐长大了，成了一位眉清目秀的英俊小子。书生不仅自己教儿子读书写字，还特意请了一位武术老师，教儿子练习武艺。

有一天，沉香突然问父亲："父亲，为什么我没有见过母亲呢？"父亲告诉了他关于母亲的一切。沉香一边听，一边抹眼泪，说："父亲，我一定要把母亲救出来！"

dì èr tiān chén xiāng jiù kāi shǐ le zì jǐ màn cháng de jiù mǔ xíng dòng tā
第二天，沉香就开始了自己漫长的救母行动。他

lì jìn qiān xīn wàn kǔ qù líng tái shān bài jiàn le pī lì dà xiān shuō dà xiān
历尽千辛万苦，去灵台山拜见了霹雳大仙，说："大仙，

qǐng shōu wǒ wéi tú ba wǒ yào xué hǎo běn lǐng bǎ mǔ qīn jiù chū lái
请收我为徒吧，我要学好本领，把母亲救出来。"

pī lì dà xiān xiān shi dài zhe chén xiāng lái dào yí piàn táo lín zhāi xià liǎng gè
霹雳大仙先是带着沉香来到一片桃林，摘下两个

xiān táo gěi tā chī jiē zhe yòu ràng tā dào lián huā chí li xǐ le gè zǎo chén xiāng
仙桃给他吃，接着又让他到莲花池里洗了个澡。沉香

xǐ wán zǎo hòu hún shēn shén qīng qì shuǎng hào qí de wèn zhè shì zěn me huí
洗完澡后，浑身神清气爽，好奇地问："这是怎么回

shì ya
事呀？"

hā hā zhè xiē shì xiān táo shén shuǐ ya dà xiān shuǎng lǎng de xiào zhe shuō
"哈哈，这些是仙桃、神水呀。"大仙爽朗地笑着说，

xiàn zài gāi wèi nǐ zhǔn bèi yí jiàn bīng qì le
"现在，该为你准备一件兵器了。"

dà xiān yòng sān mèi zhēn huǒ shāo zhì chén xiāng shōu jí qǐ lái de jīn gāng shā liàn
大仙用三昧真火烧制沉香收集起来的金刚砂，炼

le qī qī sì shí jiǔ tiān zhōng yú liàn chéng le yì bǎ shǎn shǎn fā guāng de xiān fǔ
了七七四十九天，终于炼成了一把闪闪发光的仙斧。

dà xiān bǎ shǐ yòng fǔ tóu de fāng fǎ dōu gào su
大仙把使用斧头的方法都告诉

le chén xiāng chén xiāng zài líng tái shān liàn hǎo le
了沉香。沉香在灵台山练好了

wǔ yì jí jí máng máng gǎn qù huà shān jiù mǔ
武艺，急急忙忙赶去华山救母

qīn le
亲了。

zhè tiān èr láng shén qià hǎo zài shān shang
这天，二郎神恰好在山上

yóu wán chén xiāng zhàn le chū lái shēng qì de
游玩。沉香站了出来，生气地

shuō nǐ jiù shì èr láng shén ma wèi shén me
说："你就是二郎神吗？为什么

把我母亲关起来？"他不等二郎神答话，一斧头就劈了过去。

二郎神急忙往旁边一闪，抽出手中的武器，向沉香刺了过去。他们在华山上打得难分难解天昏地暗。孙悟空从华山路过，看见有人打架，就停下来问朝霞："这两人为什么要打架呀？"朝霞把事情原原本本说了出来。

"竟然有这样的事？"孙悟空发怒了，对二郎神吼道："你怎么这么霸道，把亲妹妹压在山下十几年！"说完，他举起金箍棒，向二郎神打了过去。二郎神敌不过沉香和孙悟空两个人，只好留下宝莲灯，灰溜溜地逃走了。

沉香救出了母亲三圣公主，带着宝莲灯找到了父亲。从此，一家人过上了幸福美满的日子生活就像父亲十几年前写的诗一样。

西岳华山是中国五大名山之一，其他还有东岳泰山、南岳衡山、北岳恒山和中岳嵩山。

牡丹国里的花王和王后

牡丹一直有着"花中之王"的美誉。而在品种繁多的牡丹王国里,"姚黄"又被称为"牡丹之王","魏紫"被当作"牡丹王后"。这一对花王和王后的背后,还有着一个动人的民间故事呢。

唐朝时候,在一个叫牡丹山的大山下,住着一个善良的小樵童。虽然他是一个孤儿,家里很穷,只能靠砍柴勉强生活。但是,小樵童特别喜欢牡丹。每次进山砍柴的时候,只要看到牡丹,不管品种贵贱,他都会上前给牡丹去理理枝、浇浇水什么的。有一次,小樵童不小心踩伤了一株牡丹,难过了半天。后来总算是通过细心照料让牡丹的枝叶恢复了原样,他才放下心来。上山的路上,有一个石人模样的大石头,远远望去就像是一个石人一般。时间长了,

xiǎo qiáo tóng hé shí rén chéng le hǎo péng you　　sūi rán shí rén méi yǒu shēng mìng　dàn shì

小樵童和石人成了好朋友。虽然石人没有生命，但是

xiǎo qiáo tóng hùi jīng cháng kào zài tā shēn biān　shuō shuo xīn lǐ huà　jìu xiàng shì hé zì jǐ

小樵童会经常靠在它身边，说说心里话，就像是和自己

de jiā rén dāi zài yì qǐ yí yàng wēn nuǎn

的家人待在一起一样温暖。

　　dōng qù chūn lái　xiǎo qiáo tóng jiàn jiàn zhǎng chéng le yí gè xiàng mào táng táng de nián

　　冬去春来，小樵童渐渐长成了一个相貌堂堂的年

qīng hòu shēng　dàn shì tā ài huā hé tóng shí rén liáo tiān de xí guàn hái shi yì diǎnr

轻后生。但是他爱花和同石人聊天的习惯还是一点儿

dōu méi yǒu biàn　yì tiān　hòu shēng xiàng píng shí yí yàng　dǎ wán yí dàn chái　lái dào

都没有变。一天，后生像平时一样，打完一担柴，来到

shí rén qián　fàng xià chái　zhǔn bèi xiū xi yí huìr　yí gè nián qīng měi lì de gū

石人前，放下柴，准备休息一会儿。一个年轻美丽的姑

niang hū rán cóng shí rén bèi hòu zǒu le chū lái　hòu shēng jué de qí guài　zhè fù jìn

娘忽然从石人背后走了出来。后生觉得奇怪："这附近

shí jǐ lǐ dì dōu méi yǒu shén me rén jiā　kàn zhè gū niang de chuān dài dōu hěn piào liang

十几里地都没有什么人家，看这姑娘的穿戴都很漂亮，

zěn me huì chū xiàn zài zhè lǐ ne　shuō bu dìng shì shān li de shén me yāo jing ne

怎么会出现在这里呢？说不定是山里的什么妖精呢。"

hòu shēng tīng nà xiē nián zhǎng de rén shuō guò

后生听那些年长的人说过，

shēn shān li cháng yǒu yì xiē yāo mó guǐ guài

深山里常有一些妖魔鬼怪

biàn chéng miào líng shào nǚ chū lái hǒng piàn lù

变成妙龄少女出来哄骗路

rén　qiān wàn bú yào shàng le tā men de

人，千万不要上了她们的

dàng　yú shì　hòu shēng méi yǒu duō kàn

当。于是，后生没有多看

gū niang yì yǎn　zhuǎn shēn jìu yào zǒu

姑娘一眼，转身就要走。

shuí zhī nà gū niang zǒu le shàng lái　lán

谁知那姑娘走了上来，拦

zhù tā bú ràng zǒu　hòu shēng zhǐ hǎo yòu

住他不让走。后生只好又

放下柴担，看看这个陌生姑娘究竟要做什么。

姑娘说自己叫花女，孤身一人流落到了牡丹山，今天看到后生，知道他是一个忠厚老实的人，愿意嫁给他。后生听了连连摇头，不敢随便答应，说："姑娘，咱们俩从来就没见过面，连个媒人都没有，怎么能轻易就决定婚嫁呢？而且，我连自己都养不活，你要是跟着我，会受很多苦的。"花女却一点儿也不在乎，说："是不是有了媒人，你就愿意娶我为妻了？"后生想，这荒山野岭，上哪儿找媒人啊？于是，他就点头同意了。花女把头一仰，向石人问道："石人石人，你愿意为我们做媒吗？"后生觉得奇怪，这姑娘怎么和自己一样，对着一块石头说起话来。姑娘的话音刚落，没想到石人竟开口回话了，说："我当然愿意给自己的好兄弟当媒人了。我看你们俩是天造地设的一对，般配得很呢。"

后生只听得目瞪口呆，那么多年了，他居然才知道石人原来是可以说话的，本来他就十分信任石人，现在见石人都这么说了，也就高高兴兴地答应了。后来，石人又送了他们一颗二花长生珠，嘱咐说："你们夫妻二人轮换着，每天将宝珠含在口中一个时辰。"后生忙问为什么要这样做。石人说："一百年后你再来问我吧。"说完，石人便又成了一块普通的石头。时间过起来还真是不慢，一百年就这么过去了。当年年轻恩爱的夫妻早已成了白发苍苍的老人，可他们的身体一点儿都没有衰弱，照样上山砍柴，操持家务，而且两人的感情还越来越好了。到了一百年整的这一天，老樵夫再次来到石人身边，说道："石人老哥，您说的时间也到了，现在能告诉我为什么要我们每天含着宝珠了吧？"

石人还真的开口说话了："老弟，那颗宝珠是一粒仙丹，含上百年就可以长生不老了。它还有更神奇的用处呢。回去后，你和花女将仙丹分了吃下，就会明白了。"老樵夫回到家，和花女各吃了一半仙丹。脚下一阵云雾蒸腾后，老樵夫变成了神仙，花女恢复了本来仙女的样子。

他们牵着手，飘飘悠悠地飞上了天空，将整个秀丽的牡丹山尽收眼底。原来，花女就是牡丹山上那株被小樵童踩伤的牡丹花。她爱上了心地善良的樵童，带上一粒仙丹，请石人做媒，嫁给了小樵童。夫妻两人一起在人间修炼百年，最后终于成了仙。当他们向天宫飞去时，从空中飘下一黄一紫两条手帕，刚一落地，立即就化作了两棵牡丹。一棵开黄花，一棵开紫花，花朵奇美，它们也就是后人所说的姚黄和魏紫。

全国的牡丹以山东菏泽和河南洛阳的最负盛名。

巧妹绣龙

从前，有个姑娘名叫巧妹，住在东海渔岛上。她非常爱绣花，从不间断，天天绣，月月绣，年年绣，绣得着了迷，看到什么就绣什么。

有一年，岛上连续几个月没有下过一滴雨，太阳火辣辣地烤着大地，庄稼枯萎了，土地干裂了，连巧妹绣出来的牡丹花也凋谢了。巧妹十分焦虑，茶不思，饭不想。时间久了，人瘦了许多。母亲问她发生了什么事，巧妹流着眼泪说："娘，你看，小溪快干了，庄稼也死了；大人们都在叹息，小孩子也在哭泣，我好难过！"母亲听了，叹了叹气说："老天不下雨，我们凡人又有什么办法！这几个月来，大家都到白龙溪去求雨，可是越求越旱。"

巧妹听了，突然心里一亮，激动地说："那我绣一条龙出来，要是绣活了，让它给我们喷水降雨，那该多好呀！"母亲知道这是不可能的，但为了安慰她，随口说："那你就绣吧。"等母亲走后，巧妹立即拿出针线，可问题又来了，巧妹从来没有见过龙，不知道怎么绣。这时她突然想到了白龙溪，既然大家都到那里去求雨，说不定那里真有龙哩！

第二天，巧妹便告别了爹娘，背起干粮，到白龙溪寻找龙去了。她翻过一道道山岗，跨过一条条山沟，终于来到了白龙溪。可惜溪里早已经没有水了，只留下一条又深又长的沟渠，溪边的草都变黄了。巧妹坐在一块岩石上，望着溪底发呆，不知道该怎么办才好。"巧妹！那么热的天，你到这里来做什么啊？"巧妹回头一看，原来是位老爷爷正笑眯眯地站在自己面前。

巧妹站起来有礼貌地回答说："我是来找老白龙的！"老爷爷摆摆手说："溪水早已干了，哪还会有什么老白龙呢？快回去吧！"

巧妹望着老爷爷倔强地说：

"不！我不回去，我要找到老白龙，让大家都有水喝。"

老爷爷听了摇摇头，悄悄地离开了。就这样，三天过去了，巧妹还是没找到老白龙。巧妹找累了，又回到岩石边坐下，望着白龙溪发呆。

不一会儿，那位老爷爷又来了。他看到巧妹嘴唇裂出一条条口子，精神疲乏，耐心地劝道："巧妹呀，老白龙来去无踪，你找不着他的。"巧妹抹了抹额头上的汗珠说："不，我总有一天会找到老白龙的。"老爷爷听了又摇摇头，悄悄地离开了。又过去了三天，巧妹找遍了山里山外，寻遍了大小山林，还是不见老白龙的影子。

她喘着气，再也走不动了，终于昏倒在岩石旁。老爷爷看见了，急忙用手指揉了揉巧妹的眉心，巧妹才醒了过来，但她还要坚持找老白龙。

老爷爷被感动了，心里一酸，从眼眶里落下一滴眼泪。谁知这一滴眼泪就是一阵雨，巧妹不再口渴了，庄稼又重新

吐出了绿芽，枯井里也有了水。

老爷爷一看，神色惊慌地向巧妹说："我该走了，你快回家吧！"说罢，他便消失不见了。

这泪雨，虽然没有解除旱灾，但人们都很感激老天爷。可是，东海龙王知道了，气得龙眼都快掉出来了，大骂白老龙不遵守规矩，私自降泪雨，触犯天条。

龙太子见龙王生气了，忙讨好地说："父王请息怒，孩儿去把那老白龙抓来，揭他的鳞，抽他的筋，为父王解恨！"龙王忙说："不！你去把老白龙叫到龙宫来，我自有办法！"龙太子离开龙宫，冲出海面，直朝白龙溪飞去。老白龙听到呼呼的风声，睁开眼睛一看，只见一朵乌云从海面飘来。他知道肯定是龙王派人来了，便把头一抬，尾一摇，飞上了天空。

龙太子喊道："大胆老白龙！竟敢私自降泪雨，你知罪吗？"老白龙恭敬地说："太子息怒，老龙从没有降雨，只是掉了一滴眼泪而已。"龙太子继续吼道:"哼！掉一滴眼泪也是违反天规！"老白龙说:"太子呀，百姓没有水喝，日子怎么过啊？！你就不能可怜可怜他们吗？"龙太子听了大发雷霆:"胡说！你触犯天规，还敢和我争辩，快跟我去见龙王！"

老白龙知道再说也没用，于是无奈地说:"请太子先回去，我随后就到。"

"谅你也逃不到什么地方去！"龙太子冷笑一声，就回龙宫去了。

这时的巧妹，见已经下起雨来，便再没有去找老白龙了，兴冲冲地跑回家。谁知道刚到家门口，雨就停了，太阳又从云层里冒了出来。巧妹只好再去找老白龙，却见老爷爷急匆匆朝她走来。老爷爷说:"巧妹，我有急事找你！"巧妹说:"老爷爷，有什么事要我帮忙吗？尽管说吧！""巧妹呀，我就是白龙溪的老白龙，只因那天掉了一滴眼泪，下了一阵小雨，触犯了天规，

龙王要拿我治罪了！""啊？"巧妹惊慌地叫了起来。"别慌，别慌，还有办法。""有什么办法啊？""你不是要绣龙吗？绣吧！绣一条白龙，和我一模一样。要是龙王来抓我，你就放出绣龙，我便有救了！"巧妹听了又惊又喜，说："老白龙爷爷，我一定把它绣得和你一模一样！"老爷爷微微点头，轻轻地打个滚儿，现了龙形。顿时，满屋银闪闪、亮晶晶的。

巧妹认真地看了一会儿，欢喜地说："老白龙爷爷，我全记住了。"老白龙满意地说："巧妹呀，快点儿绣啊！绣好了来找我！"说完，他又变成了人形匆匆走了。巧妹待在房间里，聚精会神地绣了起来。巧妹连绣了四天四夜，老白龙终于绣好了。你看，老白龙腾云驾雾，摇头摆尾，真像要行云布雨的样子哩！

这天一早，巧妹欢喜地找老白龙去了。可是，她找遍了白龙溪，还是没看见老白龙的影子。巧妹慌了，连忙爬上山顶，大声呼喊老白龙的名字。可是，她喊哑了喉咙，还

shì méi tīng jiàn lǎo bái lóng de huí yīn　　qiǎo mèi jí le　 ná chū xiù lóng lèi wāng wāng
是没听见老白龙的回音。巧妹急了，拿出绣龙泪汪汪

de duì zhe bái lóng xī wèn　 lǎo bái lóng yé ye　 nǐ wèi shén me bù chū lái a
地对着白龙溪问："老白龙爷爷，你为什么不出来啊？"

yuán lái jiù zài qiǎo mèi gāng xiù wán de nà tiān shēn yè　 lóng wáng jiù bǎ lǎo bái lóng zhuā
原来就在巧妹刚绣完的那天深夜，龙王就把老白龙抓

dào líng xiāo diàn qù le　 jiāng tā sī zì jiàng lèi yǔ de shì qing gào su le yù dì　 yù
到灵霄殿去了，将他私自降泪雨的事情告诉了玉帝，玉

dì bù fēn qīng hóng zào bái　 jiāng lǎo bái lóng dìng le zhǎn xíng　 zhè ge shí hou　 lǎo bái
帝不分青红皂白，将老白龙定了斩刑。这个时候，老白

lóng bèi bǎng zài yì gēn dà zhù zi shang　mǎ shàng jiù yào bèi chǔ zhǎn le　 kě shì　 qiǎo
龙被绑在一根大柱子上，马上就要被处斩了！可是，巧

mèi hái wán quán bù zhī dào
妹还完全不知道。

　　tū rán　　hōng lōng yì shēng jù xiǎng　lǎo bái lóng de lóng tóu luò dào le bái lóng xī
　　突然，轰隆一声巨响，老白龙的龙头落到了白龙溪

li　 nà lóng xuè pēn le chū lái　gāng hǎo sǎ zài qiǎo mèi shǒu zhōng de xiù lóng shang　qí
里，那龙血喷了出来，刚好洒在巧妹手中的绣龙上。奇

jì fā shēng le　 xiù lóng yí liàng　dǒu le dǒu shēn zi biàn téng kōng ér qǐ　 zài qiǎo mèi
迹发生了，绣龙一亮，抖了抖身子便腾空而起！在巧妹

tóu shang yóu lái yóu qù　 zuì hòu luò dào bái lóng xī li qù le　　bái lóng xī kāi shǐ
头上游来游去，最后落到白龙溪里去了。白龙溪开始

liú chū qīng quán lái　cóng cǐ yǐ hòu　 bái lóng xī yì zhí méi yǒu gān hé guò　 rén men
流出清泉来。从此以后，白龙溪一直没有干涸过，人们

guò shàng le xìng fú de shēng huó
过上了幸福的生活。

中国的"四大名绣"为苏绣、
粤绣、蜀绣、湘绣。除此以外，还有
一些比较有特色的刺绣流派，比如
上海的顾绣、山东的鲁绣、北京的
京绣等。

英雄海力布的故事

在中国北方的草原上，有一个古老的民族——蒙古族，族人靠打猎和圈养牲畜为生。他们个个勇猛过人，精通骑马射箭。在很久以前，蒙古族出了一个叫海力布的青年。他的箭法在部落里数一数二。他骑着马，能射下天上飞的麻雀，能射中丛林里行踪无常的兔子。海力布不仅箭法出众，还经常帮助别人。他带回来的猎物总是先分给乡亲们。所以在部落里，不管是小孩儿、老人，还是姑娘、大叔都喜欢和他来往。

有一年，草原遭了雪灾，到处覆盖着厚厚的雪，深的地方竟可以把人完全陷进去。动物们全跑光了。大家都没有吃的，生活非常困苦。海力布只好到很远的地方去打猎，希望能给乡亲们

dài huí gèng duō de shí wù
带回更多的食物。

yí cì hǎi lì bù zhèng zài xuě dì shang zhuī gǎn yì tóu yě zhū tū rán tóu
一次，海力布正在雪地上追赶一头野猪。突然，头

dǐng shàng fāng chuán lái lǎo yīng de míng jiào tā tái tóu yí kàn yuán lái yì zhī lǎo yīng
顶上方传来老鹰的鸣叫，他抬头一看，原来一只老鹰

zhèng zhuā zhe yì tiáo xiǎo bái shé cóng kōng zhōng fēi guò nà tiáo xiǎo bái shé chuí zhe tóu
正抓着一条小白蛇从空中飞过。那条小白蛇垂着头，

tòng kǔ de liú zhe yǎn lèi hǎi lì bù hěn tóng qíng tā biàn lā kāi gōng jiàn yí jiàn
痛苦地流着眼泪。海力布很同情它，便拉开弓箭，一箭

shè qù lǎo yīng yì shēng cǎn jiào diào zài le dì shang hǎi lì bù xià le mǎ jiāng
射去。老鹰一声惨叫，掉在了地上。海力布下了马，将

lǎo yīng jì zài yāo dài shang duì xiǎo bái shé shuō nǐ xiàn zài ān quán le gǎn kuài huí
老鹰系在腰带上，对小白蛇说："你现在安全了，赶快回

jiā ba xiǎo bái shé hǎo xiàng tīng dǒng le hǎi lì bù de huà zuān jìn le cǎo cóng
家吧。"小白蛇好像听懂了海力布的话，钻进了草丛。

hǎi lì bù qí shàng mǎ zhǔn bèi huí jiā zǒu zhe zǒu zhe yí wèi lǎo rén lán
海力布骑上马准备回家，走着，走着，一位老人拦

zhù le tā lǎo rén xiào zhe duì tā shuō hǎo xīn rén xiè xie nǐ jiù le wǒ de
住了他。老人笑着对他说："好心人，谢谢你救了我的

nǚ ér hǎi lì bù bù lǐ jiě lǎo rén shuō de huà biàn wèn wǒ jiù guò nín de
女儿。"海力布不理解老人说的话，便问："我救过您的

nǚ ér ma lǎo rén jiě shì shuō
女儿吗？"老人解释说：

wǒ shì lóng wáng nà tiáo xiǎo bái shé
"我是龙王，那条小白蛇

jiù shì wǒ de nǚ ér wèi le gǎn
就是我的女儿。为了感

xiè nǐ wǒ xiǎng sòng yì kē bǎo shí
谢你，我想送一颗宝石

gěi nǐ
给你。"

hǎi lì bù lián máng bǎi zhe shǒu
海力布连忙摆着手

shuō nà suàn bu liǎo shén me wǒ
说："那算不了什么，我

不需要您的礼物。"龙王见海力布是一个善良的人，非常高兴。他从嘴里吐出一颗亮晶晶的珠子塞给海力布，说："你带上它，就能听懂动物说的话了，能打到更多的猎物。但千万要记住，决不能把动物的话告诉其他人。不然的话，你就会变成石头人。"海力布心想："如果真是那样的话，乡亲们就不用挨饿了。"他愉快地接受了礼物，遵照龙王的嘱咐，将宝珠含进嘴里，高高兴兴地回家去了。

有了这颗神奇的宝珠后，海力布一进山林，就能听懂动物们的谈话。它们在哪里喝水，在哪里歇息，在哪里吃东西，什么时候迁徙，都了解得一清二楚。因此，部落里的人们每天打到的猎物比以前多出了好几倍。大家有了充足的食物，又过上了幸福的生活。

一天，海力布和往常一样，外出打猎，没走多远，发现几只鸟正在叽叽喳喳地说话。一只鸟说："不好了！这里马上就要发大水了。得马上通知大家离开，不然就要遭殃了。"

海力布一听，急忙掉头赶回部落，边跑边喊着："要发大水了，大家快收拾东西上山躲避吧！"

人们抬头看了看万里无云的蓝天，都不相信他说的话，又继续工作起来。海力布看到大家都不相信自己的话，非常着急。为了让大家赶紧离开，他只好把关于宝珠能听懂动物谈话的秘密告诉了大家。可人们依然不相信。

海力布想再次叮嘱乡亲们离开的时候，正要张嘴，便立即变成了一个石头人。大家一看，终于相信了他的话，纷纷停下

手中的工作，急忙回屋收拾东西，赶着牛羊离开了家园，迁往附近的一座高山上。

人们刚刚撤离完，就听见一阵"轰隆"的巨响，从远处的山谷中涌出几股凶猛的洪水，不一会儿，就把整个村庄淹没了。大家都吓得心惊肉跳。如果不是海力布的提醒，恐怕部落里所以的人早就被淹死了。

为了纪念海力布这个勇敢而善良的青年，人们便在蒙古大草原上树立起一块巨大的猎人雕像，来感激他对人们的贡献。英雄海力布的故事也被传颂至今。

海力布这样为了乡亲们的安全，而毅然舍弃自己生命的英勇行为是多么值得我们敬佩呀！

118

箫声会知己

韩湘子是八仙中最风流英俊的,人称"白面书生"。他手中的紫金箫是用南海紫竹林里的一株神竹做的。相传,韩湘子这支神箫是东海龙王的七公主送给他的哩!

有一年,韩湘子漫游各大名山大川。来到东海之滨时,他听说东海有龙女,善于音律,精于歌舞,很想会一会她。因此,他便天天到海边去吹箫,希望能会到知己。

三月初三是东海龙女出海春游的日子。夜深人静

时,一阵悠扬的长箫声传到了龙女的耳里——她听得都惊呆了。那箫声真是太美妙了,和着海浪的节奏,令人陶醉。它扰乱了龙女的心,勾去了她的魂,使她身不由己地向海边走去,化作一条银鳗。

韩湘子一曲吹罢，海浪退去十里远。他发觉滩头上竟有一条误了潮的银鳗，正泪光盈盈地抬头望着他。

看着银鳗那如痴如醉的神情，韩湘子又好气又好笑。他蹲下身来，说道："鳗儿啊鳗儿，难道你也懂得其中的奥妙不成？那请把我的情意传到水晶龙宫去吧！听说龙女是个很懂音律的人，我想见见她。"

银鳗听了，连连点头。韩湘子看着它那诚恳的样子，几天来因为见不到龙女的惆怅心情似乎消散了许多。于是，他闭上双眼，又吹起了长箫。等想起银鳗，睁开眼时，他竟发现银鳗在柔和的月光下婆娑起舞——舞姿是那么优美，神态是那么奇异，真是世间罕见——韩湘子都看呆了。

银鳗在月光下不停地旋转，速度越来越快，节奏越来越紧。突然，银光一闪，银鳗不见了——月影中站立着一个天仙般的龙女。

月儿渐渐西坠，潮水慢慢回涨。当第一缕日光穿过海平面，照射到沙滩上时，银鳗、龙女都随着一朵浪花消失了。这种情景，一连发生了三次。

这天晚上，韩湘子又来到海边吹箫。可是，不知什么缘故，月亮都快消失了，龙女还是没有出现。一气之下，他把心爱的玉箫都摔断了。

天明了，韩湘子沮丧地往回走。忽然，背后有人喊他。韩湘子满以为是龙女来了，回头一看却是个陌生的老渔婆。

老渔婆说道："相公，我是来传话的。实不相瞒，前几夜在月下歌舞的乃是东海龙王的七公主。因事情暴露了，她被龙王关在深宫，不能前来相会。今天，她叫我奉上南海神竹一枝，供相公制仙箫之用。望相公早日制成仙箫，谱写神曲，拯救龙女脱离苦海！"说罢，老渔婆递上神竹，便化成一阵清风不见了。

韩湘子伤心欲绝，真是恨不得立刻跳到海中去找龙女。但是他知道，一切都已经无济于事了。想到老渔婆的话，以及公主的那番深情厚望，他又慢慢平静了下来。

从此，韩湘子便断绝了在尘世厮混的念头。他将神竹制成了紫金箫，住进了深山古洞。怀着对龙女的深深思念，他日夜吹箫谱曲，潜心修炼。

后来，八仙过海，韩湘子收蛇妖、镇鳌鱼，大显仙家神通，靠的就是他美妙的神曲。而东海龙女呢？却为了偷送一枝神竹为箫，被观音大士罚为侍女，永远不得脱身。

据说，东海渔民至今还能常常听到海上漂荡着忧郁的箫声。那是韩湘子对龙女无尽的思念。

笛子是一种管乐器，通常都是用竹子制成的，上面有一排供吹气、调节发音的小孔，靠笛膜振动发声。